선우명수필선 42

간고등어

선우명수필선·42

간고등어

1판 1쇄 발행 | 2019년 10월 10일

지은이 | 오덕렬
발행인 | 이선우
펴낸곳 | 도서출판 선우미디어
등록 | 1997. 8. 7 제 305-2014-000020호
02643 서울특별시 동대문구 장한로12길 40, 101동 203호
(장안동 우성3차아파트)
☎ 2272-3351, 3352 팩스: 2272-5540
sunwoome@hanmail.net

값 5,000원

※ 이 도서의 국립중앙도서관 출판예정도서목록(CIP)은 서지정보유통지원시스템 홈페이지(http://seoji.nl.go.kr)와 국가자료종합목록 구축시스템(http://kolis-net.nl.go.kr)에서 이용하실 수 있습니다. (CIP제어번호 : CIP2019037494)

ISBN 978-89-5658-621-2 04810
ISBN 978-89-87771-09-0 04810(세트)

선우명수필선 42

간고등어

오덕렬 수필선

선우미디어

책머리에

문학의 진화를 생각합니다

표제작인 〈간고등어〉는 수필(에세이)문학의 진화 현상을 보여주고 있습니다. 조연현 교수가 말한 수필의 '창작적인 변화를 용인'한 현장을 볼 수 있다는 뜻입니다.

여기 실린 34편 중에는 에세이도 창작 · 창작적 에세이도 함께 도란거리고 있습니다. 몽테뉴의 에세이는 비창작 일반산문 문학이고, 찰스 램의 에세이는 창작 · 창작적 에세이입니다.

윤오영 선생님의 ≪수필문학입문≫과 인연이 닿아 수필과 사귄 지 반세기, 최근 7년을 제하고는 선배들의 '붓 가는 대로'를 수필의 이론쯤으로—이론이 될 수 없는 메모 방식의 글쓰기였던 것을 이론으로—여겼던 탓입니다.

'붓 가는 대로'는 독자들이 등을 돌린 지 오랩니다. 등을 돌린 독자를 끌어안을 수 있는 방법은 오직 하나뿐이라 생각합니다. 그것은 에세이도 현대에세이, 즉 문학에세이를 쓰는 길밖에는 딴 방법이 없습니다.

앞에서 말했던 〈간고등어〉는 종결문단 직전에 이르기까지는 사물·존재의 양상 즉 생활 양상을 드러내 보여주는 형상적 문장법의 세계입니다. 개념적이고 논리적인 서술은 종결문단 여섯 줄입니다. 앞과 뒤의 문장법은 질(質)의 차이가 아닌 종(種)의 다름이라는 평을 받고 있습니다. 그러니까 작품 전반부는 창작적인 문장세계이고, 후반부는 소재에 대한 해석 · 의미 · 사상 · 정보를 주는 에세이 문장이란 뜻입니다.

아무쪼록 이 선집이 '수필의 현대문학 이론화'에 조금이라도 보탬이 되었으면 좋겠습니다. 부족한 글을 '선우명수필선'으로 묶어주신 선우미디어 가족 여러분에게 고마움을 전합니다.

2019년 10월

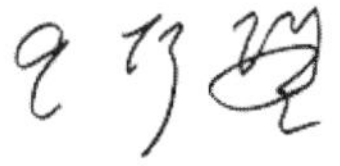

차례

3부 눈 오시는 밤이면

chapter 1

겨울 싱건지

독쌈

노송(老松)의 성긴 가지 사이로 달빛을 받으며 우리들은 소나무 밑에 자갈을 모았다. 이럴 때면 서촌 국굴 언덕에 모닥불이 피어오르고, 언덕배기 밭에선 쥐불놀이 깡통이 공중을 날았다. 불똥이 은하수처럼 뻗쳐 하늘을 수놓을 때면 우리들은 기(氣)를 모았다.

"야! 나와라."

모아진 기는 함성이 되어 칠봉산에 부딪쳐 쩌렁쩌렁 메아리쳤다. 이쯤 되면 건너 마을에서도 하나 둘씩 독백이에 모여 응수의 모습을 보였다. 언제부터였는지, 군계(郡界)에 자리한 우리 마을은 건너 마을과 돌싸움[石戰]을 벌였다. 정월이면 벌어지던 이 싸움을 우리들은 '독쌈'이라고 했다. 정초(正初)면 우리들은 양지쪽 담벽에서 칼바람을 막으며 연을 띄웠다. 그러다가 대추나무에 걸린 방패연의 바람구멍으로 보름달빛이 쏟아질 때면, 날리던 연 꼬리에 불을 붙였다. 꼬리의 불씨로 논둑 밭둑에 불을 놓아, 쥐불놀이를 시작하였다.

이 쥐불놀이가 전초전(前哨戰)이 되어 으레 독쌈으로 이어지곤 했다. 쥐불 놓던 불씨를 서로 빼앗으려는 데서부터 싸움은 시작되었다. 불씨를 빼앗아 오면 우리 동네에 풍년이 들고, 빼앗기면 흉년이 든다고 믿었던 것이다.

독쌈은 정월 대보름을 전후하여 절정에 이르렀다. 척후병 한 녀석이 저쪽 진지 가까이서 불을 놓기도 하며 슬슬 상대의 약을 올렸다. 우리 쪽에서는 너나없이 구멍이 숭숭 뚫린 깡통에 불쏘시개나 솔방울 등을 채웠다. 여기에 불을 붙여 하늘로 던지며 전의(戰意)를 북돋으면 독쌈은 일촉즉발의 순간을 맞았다.

그렇다고 아직 돌팔매질이 시작된 것은 아니었다. 횃불이 슬슬 전진을 시작했다. 팽팽한 전운(戰雲)을 선봉에서 상대방에 던진 돌멩이가 뚫고 나갔다. 이때쯤에, 특공대는 벌써 적의 후방 깊숙이 파고들어 '돌진…' 한바탕 고함을 지르면 상대방은 대항을 못하고 혼비백산 흩어지고 말았다. 그러면 건넛마을의 불씨로 횃불을 밝혀들고 승전가를 부르며 의기 당당하게 개선했었다.

엉겁결에 후방을 교란 당한 건넛마을에선 힘을 모아 다음 날 불꽃을 올려 일전(一戰)을 꾀했다. 양쪽의 기세는 어제와는 달랐다. 처음부터 돌멩이가 물갈이 논배미를 건너 핑핑 날았다. 서로가 약이 오르자, 여남은 살짜리에서 시작되었던 독쌈은 청년들까지 가담하게 되었고, 꽤 가까운 거리에서 접근전을 펴기도 했다. 서로가 돌멩이에 맞아 머리빡이 터졌고, 꼬마 녀석들은 포로가 되어 잡혀 있기도 했다.

"돌격-."

선봉장의 호령에 따라,

"야! 돌격이다."

고함 소리와 함께 일제히 일어서서 행동을 같이 했다. 쉽게 평정될 기미를 보이지 않던 싸움도 우리의 단합된 마음 앞엔 물러서고 말았다. 인화(人和)가 으뜸이란 병법을 알 바 없는 우리였지만, 농토가 적은 우리 마을에 풍년을 기원하던 마음만은 강했던 것 같다.

밤이 이슥하여 싸움이 끝나면 그날 저녁으로 포로는 돌아오고, 터진 머리에는 된장이 너부죽하게 붙여졌다. 한번 끝나면 이러쿵저러쿵 뒷말이 없었다. 한 사날 계속된 독쌈은 아무런 조건도 없이 그냥 끝났었다. 일종의 친선놀이였다. 돌팔매가 핑핑 날아 부상을 입혀도 칠봉산 위에서 내려다보고만 있던 보름달 아래서의 독쌈은, 이제는 추억 속의 민속놀이가 되고 말았다.

이 풍습은 없어질 수밖에 없어 사라졌다. 독쌈이 지니고 있던 그 씩씩한 기상은 이제 어떻게 변모되어 어느 구석에서 새로운 창조를 거듭하고 있을까.

천지 뽀개지는 소리

시골집 뒤안[1]에는 울타리를 겸한 작은 대밭이 있다. 어릴 적에는 매년 추수가 끝나면 수숫대를 엮어 울타리를 둘렀었다. 울타리를 치고 나면 초가집은 한 층 아늑했다. 아침이면 누런 지붕에 서리가 허옇게 내려앉고, 수줍어 골붉은 감은 지붕 한 자락에 걸쳐있었다.

지금은 볼 수 없는 풍경이다. 잃은 것은 포근한 분위기만이 아니었다. 비워두고 가꾸지 않은 시골집의 퇴락을 따라 뒤안의 모습도 달라졌다. 손바닥만 한 대밭에는 대나무들이 빽빽하게 들어찼다. 댓잎도 시나브로 떨어져 쌓이고 쌓였다. 여러 해가 지나니 그 대밭은 숨도 제대로 쉴 수 없고, 바람 한 점도 지날 수 없게 되고 말았다. 이제는 비가 오신다 해도 죽순 한 뿌리 자랄 수 없는 환경이 되고 만 것이다.

'대밭도 정리를 해야지…', 지난 연휴에 손을 댔다. 흔적만 남아 있는 울타리 빗장을 걷어내고, 우선 삭은 댓가지부터 주워냈다. 뿌리가 부옇게 떠서 말라죽은 대나무는 베어

1) 뒤안 명 '뒤꼍, 뒤란'의 방언(전라).

버렸다. 사이사이에 쌓인 퍼석한 댓잎도 긁어냈다. 기(氣)가 약해지면 대나무는 꽃을 피워 죽미라는 열매를 남기고 죽는다는데 아직 그런 것은 아니었다.

이런 손질이 끝나자 제법 대나무가 제 기상을 되찾은 듯했다. 성글어진 대나무 하나하나가 갑자기 싱싱해 보인다. 대숲 사이로 스며드는 햇살을 보니 밤이면 달빛도 내리고 바람이 일 것도 같다.

"어 참, 개안허다[2]. 대나무, 느그덜도 이제 평란 만났다야."

혼자 해 본 말이다. 오랫동안 방치해온 탓으로 중병을 앓던 대밭을 살려냈으니 하는 말이다. 이때다. 태풍 '매미'가 온다더니 우두둑우두둑 소나기가 쏟아진다. 수런수런 댓잎들이 뭐라 하는 것도 같다. 바라만 보아도 마음까지 시원하더니 쫌맞게[3] 소나기가 분위기를 맞춘다.

'하늘이 쉬라면 쉬어야지….' 뒤안으로 통하는 방문을 열어젖히고 벌러덩 누웠다. 대바람이 솔래솔래 방안으로 기어든다. 아, 이보다 더 상쾌할 수가 있을까. 쏟아지는 빗소리를 들으며 가만 눈을 감아본다. 사방과 단절된 것 같으면서 한없는 공간으로 뻗어가는 상념의 다발들…. 댓잎에 내리는 소리는 태초의 음향이 되어 넓은 세상을 열어주고 있

2)개안허(하)다 형 '개운하다'의 방언(전라).

3)쫌맞게 부 '마침맞게'의 방언(전라).

었다.

대나무는 키가 크고 속이 비었다. 그 빈속에는 매듭이 있어 아래와 위를 경계 지으며 한 토막을 완성한다. 매듭은 두 줄기 댓가지를 자라게 하고 댓잎을 키워 푸름을 간직하고 있다. 대가 곧게 자라는 것도, 대쪽 같은 성깔을 보이는 것도 매듭이 있기 때문이다.

오랜만에 시골집 아궁이에 불을 지핀다. 대발 설거지 한 것들을 태우고 있다. 불이 활활 타오르고 강열한 불꽃이 인다. 이때다. '따악!' 천지가 뽀개지[4]는 소리가 난다. 한 생각도 매듭을 잘 지으라는 듯, 대나무 매듭 튀는 소리다. 딱! 따악….

4) 뽀개지다 동 '뻐개지다'의 방언(전라).

초여름 밤

야영 삼아 고향집에서 하룻밤을 보낸다. 아궁이에 군불을 넣자, 오래 비워둔 탓인지 연기가 마룻장 밑으로도 기어든다. 마루에 앉아 죽순을 다듬던 아내는 "아이고, 이 냉갈[5] 좀 봐." 하면서 허청의 묵은 멍석을 마당에 편다.

"아, 좋다!"

내가 먼저 벌렁 누우며 지른 탄성이다.

"고향집이라 그러지라우[6]."

아내의 반응은 한참 뒤에 들렸으나, 나는 나이를 잊고 어린애처럼 멜없이[7] 그냥 좋아하고 있었다. 아직은 초여름이라 물것도 없다.

넉넉해진 마음이라 그럴까. 어둠이 깔리면서 마당에 내린 녹음(綠陰)은 호수처럼 깊기만 하다. 암청색 녹음이 그림자처럼 또렷한 것은 잎 넓은 감나무만이 아니다. 대추나무, 밤나무, 은행나무도 한몫 끼어들었고, 뒤란의 대밭도

---

5)냉갈 명 '연기'의 방언(전라, 평북).

6)~라우 [어미] '~요'에 해당하는 방언(전라).

7)멜없이 부 '공연히, 괜히, 이유 없이' 등의 뜻으로 쓰이는 방언(전라)

응원을 나섰다.

빈집에 손님이 들었다고 반기는 것일까. 상현달도 감잎 사이로 마중을 나오고, 쑥꾹새[8]도 쑥-꾹 쑥-꾹, 달봉산 숲속에서 유장한 울음이다. 나는 지금 안개처럼 깔리는 어둠과 감파른 나뭇잎과 희뿌연 달빛이 자아내는 아늑한 음영(陰影)이 좋은 초저녁 한때와 마주하고 있다. 지난날에는 달이 하도 밝아 윗마을로 친구를 찾아 나선 이도 있었고, 대추나무에 걸린 달을 보고 집값을 더 치른 이도 있었다지만….

감잎에 달이 가렸을 때다. '쏴아!' 떼 지어 몰려오는 소리! 무슨 소릴까? '소나기 한 줄금 지나려는가, 바람에 쏠리는 댓잎 소릴까, 아니 오래된 이명(耳鳴)이 살아난 탓일까….' 모내기를 하려고 물을 잡은 고라실[9] 논에서 '꽤-엘 꽤-엘' 한 마리가 앞소리를 라르고(Largo)로 매기자, 이논 저논에서 '꽬 꽬 꽤엘, 꽬 꽬 꽤엘…' 한꺼번에 알레그로(Allegro)로 쏟아내는 개구리들의 울음소리였다.

온 동네가 개구리들의 합창에 묻히자 마당이 '부웅!' 떠오르는 기분이다. '아, 좋다!' 지그시 눈을 감으니 점심때 술잔에 띄워 마신 감꽃이 별이 되어 반짝인다.

---

8)쑥국새 명 '뻐꾸기'의 방언(전라).

9)고라실 명 '고래실'의 방언(전라,충청).

고향의 오월

고향 마을에 한 채 남은 초가집이 지난 일요일에 헐리고 말았다. 이제는 초가지붕도 대할 수 없는 고향이 되었다. 연자방아 돌던 터에 보리가 자라고, 남정네의 힘을 겨루던 들독[擧石]도 이제는 간 데가 없다. 고향을 지키던 것들을 떠나보낸 허전한 마음으로 고샅을 바장이다가 들로 나서니 한결 풀잎들의 푸른 세상이다. 잠에서 깨어난 풀잎들은 한참이 다르게 자신들의 푸른 영역을 넓히고, 앞산에선 철쭉꽃 단심(丹心)도 녹음에 묻히는 5월이다.

녹두장군의 별호를 탄 형님은 농사 때 맞추어 소를 몰아 쟁기질이다.

"성님, 논 가시오. 송아지랑 낳았소 잉…."

"어이, 동생 왔는가."

정겨운 대화의 메아리가 앞산에 닿기도 전에 형님과 나란히 논둑에 앉는다.

"농주 한 잔 하세."

형님은 논귀에 두었던 주전자를 찾아 술참거리로 잔을 권한다. 받아든 잔에는 고향의 흙 내음, 오월의 풀 내음이 농주와 함께 그득하다. 갈건으로 받은 술이 아니면 어떻고, 도원의 달밤이 아니면 어떠랴. 주인은 느긋한 마음으로 논둑에서 쉬고, 잠시 멍에를 푼 어미 소는 송아지에게 젖을 물리며 쉬는 풍경인 것을…. 이런 여유 있는 모습을 대할 수 있는 것만으로도 고향 마을은 푸근하다. 논을 가는 어미 소를 따르던 송아지도 제 머리로 몇 번인가 어미젖을 흔들어댄다. 이제 그만 어미젖을 놓고 껑청껑청 서툰 몸놀림으로 논에서 뛰어보는 것이다. 뛰다가 어미 소와 멀어지면 '음매애 음매애' 어미 찾는 울음까지 한가로운 고향의 오월이 아니던가. 나는 송아지를 보면서 어릴 적 추억에 잠겨 본다.

학교 앞 논을 갈던 날이면 학교가 파하기가 무섭게 논으로 달렸다. 쟁깃밥이 부채춤의 물결처럼 넘어가는 쟁기 뒤에서 가래풀의 알뿌리를 찾을 셈인 것이었다. 논 흙 속에서 겨울을 난 도토리만한 동글동글한 알갱이, 그것을 우리는 '웅구밥'이라 불렀다. 어미 소의 뒤를 따르는 송아지처럼 우리는 쟁기 뒤를 따르며 푸른 오월 속에서 달착지근한 웅구밥을 주워 먹었다. 웅구밥을 찾느라 신발에 흙이 드는 것쯤은 아무런 상관도 하지 않았다. 손으로 대강 흙을 털고는 옷에 쓱쓱 문질러 입에 넣었다. 입술이 까매지도록 먹고, "또 내일 줍자." 는 말만 논에 두고 뛰어나오곤 했다.

웅구밥을 먹으며 발길이 장못재에 닿았다. 고향 마을에서 초등학교에 가려면 넘어야 하는 작은 고개다. 여기서는 삘기가 우리를 기다리고 있었다. 띠 풀에서 밀고 나온 통통하게 알이 밴 수줍은 삘기. 우리는 숨을 죽이며 주머니가 빵빵하게 뽑아 넣었다. 삘기는 삐기, 삐삐, 삐러기, 삐유기 등으로도 불리지만 우리는 '삐비'라 했다. 삐비 뽑기에 정신이 팔려 다복솔 가까이 갔을 때, 인기척에 놀란 암꿩이 한 떼의 꺼병이를 몰고 쏜살같이 보리밭으로 숨기도 했다.

보리는 산비탈 밭부터 누릇누릇 익어 하루가 다르게 마을 쪽으로 물감 번지듯 누래졌다. 보리 모개에는 낟알들이 촘촘히 박혀 앙벌어져서 여물이 들었다. 이때쯤이면 산비탈 솔숲 속에선 연기가 피어나며 아이들이 도란도란 보리를 구워 먹었다. 우리는 그 보리 구워먹는 일을 '보리끄시름'이라 했다. 보리 모개는 싼 불에는 타고, 가장자리에서는 설익고, 알맞게 익은 것이 오히려 적었다. 그런 보리 모개를 비벼대던 손바닥은 뜨거워 손놀림이 빨랐다. 작은 입으로 호호 불어 끄락을 날렸다. 냉갈의 구수한 맛이 밴 검댕 묻은 보리 알갱이를 씹던 그 맛은 잊을 수가 없다. 숯검정 분으로 연지 곤지 찍고 하얀 이를 내밀며 서로 웃던 보리끄시름이었다.

이런 추억에 잠겨 있을 때, 안산(案山) 솔숲에서 한 자웅의 꿩이 '꿩, 꾸엉' 울어대며 산을 흔들었다. 꿩의 날갯짓에 실려 오는 오월의 고향 내음. 그것은 보리 익는 내음, 쑥 내음, 송순 내음, 만물의 쉼터인 대지의 내음이 아닐까. 자연의 정기를 받은 아련한 오월의 내음들….

이때다. 유장한 쑥꾹새, 천술뫼에서 '쑥꾹 쑥꾹 쑥쑥꾹' 울어대니 고향 마을의 초여름 대낮은 정적 속에 묻혔다. 김영랑의 '오월'이란 시를 뇌이며 집으로 왔다. 담황색의 감꽃들이 석양에 빛난다. 토실하게 살이 불어 가는 살구의 얼굴이 곱게 석양을 받고 있다. 하늘을 찌르는 대밭의 죽순이 내려 보는 장꽝에선 장맛을 우려내는 장독이 석양을 받고 있는 고향집이다. 자연은 조화의 극치를 오월에 연출하고, 나는 고향에서 오월의 하루를 풍성하게 보냈다.

고구마

겨울 햇살이 아롱거리는 산비탈 밭이다. 나이든 일꾼 셋이서 철 늦은 고구마를 캐려 든다. 낫을 든 남자, 호미를 쥔 여인, 한 사람은 쇠스랑을 맸다. "오래는 못 둬요." 밭 주인의 말이 켕기기는 했으나 공짜로 굴러온 떡을 뱉을 수는 없다. 늦어도 무서리가 내릴 무렵까지는 캐야 했었는데 된서리에 눈[雪]까지 한 차례 내린 뒤였다. '아이고 나 죽네.' 잎과 줄기는 비명에 가버렸다.

주검이 되어버린 넝쿨을 걷어내기 시작한 것은 낫을 든 남자였다. 뒤를 이어 호미와 쇠스랑은 고구마를 캐기 시작했다. 한 번 캐고 털어내고, 또 한 번 캐고 털어내고…. 노욕처럼 엉겨 붙는 흙을 털어내기는 여간 힘겨운 일이 아니었다. 비탈밭이라 아래쪽은 물기가 많으니 더 엉겨 붙었다.

"아이고, 못 캐것네." 상일꾼 쇠스랑의 짜증이다.

"그래도 다 캐야지라우." 야몽야몽[1] 캔 것이 고랑에 쌓이니 오져서 호미부인이 하는 말이다.

---

1)야몽야몽 [부] '야금야금'의 방언(전라).

"아니, 사각사각 먹을 만 허네." 모양 좋은 것으로 한입 베어 문 낫도 '어서 캐야 한다.'는 신호다.

고랑에 모여 있는 고구마들은 온 몸에 흙으로 도배를 하고 있었다. 게다가 굼벵이가 파먹은 놈, 몸통이 두 쪽으로 쫙 벌어진 놈, 울퉁불퉁 불거져 머리통만 커진 놈, 새순이 돋았다가 얼어 죽은 놈…. 제 각기 할 말들을 몸에 달고 있지 않은가.

얼었던 땅속에서 밖으로 나온 녀석들은 서로 몸을 맞대고 햇볕을 쬐고 있었다. 바람이 한 점 살랑 지나자 몸통의 물기 머금은 흙은 문제가 되지 않았다. 이제 녀석들이 제법 제 꼴을 드러내자 노욕 영감의 계산속은 바빠졌다. 백 석을 채우기 위해 한 섬을 모으려는 손놀림이 빨라졌던 것이다.

쇠스랑은 양파 망(網)에다 1등품만 골라 넣고 있었다.

"다 함께 담제 그러요. 나머지 못난이는 어쩌라고."

'왜 좋은 것만 골라 담지?' 생각하며 호미는 쓰레기봉투까지 동원하여 못난이까지 모조리 담았다. 철 지난 녀석들은, 네 자루에 담겨 어두운 트렁크에 실렸다.

이제 두 집으로 나뉘어 가야 할 판이다. 망에 담긴 두 자루가 먼저 내려지는 참이다. 이때다. "요것! 하나씩 나눠야지." 낫도 날을 세웠으나 막무가내였다. 낫과 쇠스랑의 옥은 날들이 눈을 부릅뜨는 순간이었다. "어서 갑시다." 그래도 날이 무딘 호미의 말이 약이 되었다.

망에 담긴 두 자루는 먼저 주인을 따라 나섰다. 상품(上

品)으로만 반을 내리고 달리니 이렇게 마음도 가벼운 것을! 나이 들면 '지갑은 열고 입은 닫으라.'는 말은 마이동풍이 되고 말았다. 쇠스랑의 날만 안으로 옥은 것은 아니었다. 낫과 호미도 옥아 있기는 마찬가지였다. 너나없이 마음의 날들은 모두 연장을 닮아 있었다.

낫과 호미는 아파트 꼭대기 층으로 쓰레기봉투에 담긴 두 자루를 끙끙거리며 올렸다. 며칠이 지나자 베란다에 모셔놓은 고구마는 서서히 냄새를 풍기기 시작했다. 얼었던 것이 녹으며 썩어가는 모양이었다. 양파 망의 것도 처리하느라 애를 먹었다는 연락이 왔다. 부부는 다시 끙끙거리며 내려야 했다, 버려야 하는 욕심 덩어리 두 자루를.

겨울 싱건지

겨울은 해도 짧다. 볕기(-氣)가 약해지는 해름참[1]이면 녹았던 마당이 얼기 시작했고, 처마 끝에선 고드름이 길어졌다. 큰 눈이 올 성부르면 해가 지기 전에 저녁을 일찍 지어먹고 따뜻한 구들방에서 겨울밤을 보내야 했다.

학창 시절, 밤도 깊어서다. '스스슥 슥 스슥' 지창(紙窓)에 들리는 소리에 가만히 방문을 연다. 마당도 지붕도 하늘도 하얗다. 대나무도 눈을 받아 이고 있다. 세상이 온통 눈빛이다. 다시 정적(靜寂)을 깨는 그 소리를 따라가니 대밭에서 함박눈 흘러내리는 소리가 아닌가. '이런 풍년 내려주셔서 감사합니다.' 머리 숙여 절하고 있는 대나무들이다. 함박눈 오시는 밤에는 대나무도 신선이 되는가, 구부정한 모습으로 흰 구름 타고 떠가는 것 같다.

화롯불도 사그라졌다. 숭늉 한 모금으론 달랠 수 없게 뱃속은 출출했다. 나는 방학 숙제를 하다가 마루에 서서 '오메! 흰쌀이나 이렇게 하늘에서 내려주셨으면 쓰것네[2].' 하

1)해름참 명 '해거름'의 방원(전라).

면서 큰방으로 갔다.

"밥이나 한 술 먹을래…."

어머니의 말씀이다. 내가 작은방에서 건너온 속내를 알고는, 아랫목에 싸두었던 밥그릇을 꺼내 놓으셨다. 저녁 먹고 남은 밥을 묻어두었던 것이다. 바느질손을 밀치고 부엌에서 무청을 달고 있는 싱건지를 대접에 담아오셨다. 밥 한 덩이와 싱건지 한 대접, 호롱불 밑에서 격식도 없이 달게 먹었다. 숟갈을 이용해서 박속나물 훑어내듯 떼어내 한 입 넣고 아삭아삭 깨물어 먹었다. 간이 삼삼한 싱건지와 밥의 궁합은 일품이었다. 통째로 놓고 먹던 그 담백한 맛은 원초적인 맛이요, 모든 맛의 원형이었을까. 지금도 그 싱건지를 생각하면 입 안에 침이 한입 돌곤 한다. 정제[3]바라지[4] 틈새로 받아들인 설월(雪月)과 아궁이의 온기로 부엌에서 익은 싱건지였다.

맛도 분위기를 타는가 보다. 함박눈 오시는 밤에는 문풍지도 울음을 멎는다. 사방 천지가 정밀감에 싸이면 눈 덮인 초가집 구들방에선 더없이 푸근함을 느낀다. 어머니 품안이 이처럼 푸근했을까, 소꿉놀이 하던 때 짚가리 속이 이렇게 아늑했던가. 온돌방에서 싱건지와 따스한 쌀밥이 만나 담백한 맛을 빚어내고 있다. 시원한 김칫국물 한 모금을 곁

---

2) 쓰다 동 '하다, 좋다'의 방원(전라).

3) 정제 명 '부엌'의 방원(전라).

4) 바라지 명 '나무로 짠 문짝'의 방원(전라).

들이면서 말이다.

그때는 김장도 한철 농사였다. 그리도 춥던 날, 동네 우물터에서 널벅지에 샘물을 퍼서 무를 씻었다. 물에선 모락모락 김이 났지만, 손은 곱아 발개져서 김장하던 우물터 모습은 풍속도 한 폭이었다. 씻은 김장 무가 반석 위에 쌓이면 바지게에 정갈한 짚을 깔고 집으로 이내 옮겨졌다.

싱건지를 담그던 방법은 단순했다. 김칫독은 미리 정갈하게 씻어두었다가 독 안에 불을 지펴서 한 번 둘러냈다. 무를 정성스레 독에 안치며 해묵힌 소금으로 간을 하고, 샘의 가운데서 속물을 길러다 부었다. 여기에 마늘과 통고추가 양념으로 더해지면 그만이다. 김칫독에 그득그득 담아 부엌에서 숙성시켰던 것이다.

무의 그 담박(淡泊)한 맛을 나는 좋아한다. 지금은 그런 싱건지를 대하기가 쉽지 않다. 음식 맛을 돕는 양념이 무보다 앞장서기 때문이다. 그렇다보니 무가 제 맛을 내지 못하고 주객이 전도된 세상이 되고 말았다. 무는 채근(菜根)이다. 싱건지 맛에서 엉뚱하게 채근담의 가르침이 떠오른다, '세속(世俗) 안에 있으면서 세속을 떠나는 것이 좋다.'는. 어쩌랴. 짝퉁 고춧가루 범벅이 우리 혀를 마비시키고 있지만 그 속에서 순수한 제 맛을 찾아볼 수밖에는 딴 도리가 없지 않는가.

겨울 밤참으로 먹던 싱건지는 기억 속의 맛이 되고 말았다. 내게는 그게 겨울의 별미였는데….

귀향

"고향에서 거짓말 안 하는 농사나 지을라네…."

정년을 하면 무엇을 하겠느냐고 묻는 친구에게 하는 대답이다. 농작물은 '가꾼 대로 자란다.'고 믿기 때문이다. 농사라 했지만 밭뙈기에 채소를 가꾸는 일이 고작일 것이다.

교직에 몸담은 이후 그저 딴 생각 없이 '하던 일이나 잘하자.'고 다짐하며 지내왔다. 제자들의 앞날에 누(累)나 되지 않았으면 하는 마음 변하지 않고 용케도 잘 지내왔다. '어떤 인간을 길러낼 것인가?'를 고심하면서 40여 성상을 걷던 길이 내년 봄이면 다하게 된다. 새로운 길을 찾아봐야 할 때이다.

문득, 최인호의 장편소설 〈길 없는 길〉에서 만난 경허 스님의 선시(禪詩) 한 구절이 스친다.

"일 없음이 오히려 나의 할 일[無事猶成事]."

아, 그렇구나! 나는 깨달은 듯 혼자 좋아했다. 그러다가 큰 스님 앞에서 보이지 않는 어떤 '무게'에 압도되고 말았다. 이내 선시에 밑줄을 그어놓고 깊은 생각에 잠겼다.

선시(禪詩) 그대로라면 '길이 다했음이 오히려 나의 갈

길'이 아니겠는가. 알 것도 같다가 또 막히고…. 생각의 오솔길을 헤매다가 끝자락이 고향에 머문다. 입버릇처럼 말해오던 '고향에서 농사짓겠다.'는 말이 그냥이 아니었나 보다.

고향 생활을 떠올려 본다.

맑은 샘물을 그대로 마신다. 주변에서 얻은 땔감으로 아궁이에 불을 지핀다. 바람과 햇볕과 천둥소리와 함께 남새밭에서 채소를 가꾼다. 그러다 지치면 살구꽃 그늘에 앉아 아랫집 형님과 농주를 나눠 마신다. 때로 마루에 누워 사르르 눈이 감기면 대숲을 지나는 바람소리가 지친 심신을 헹궈낼 것이다.

이런 일상이 얼마나 마음을 푸근하게 하겠는가. 고향에서 자연과 호흡을 맞추면 생활이 얼마나 넉넉하겠는가.

봄뜻을 알아차린 봄동이 꽃대를 통통하게 불리며 수줍게 노란 꽃을 터뜨리는 남새밭. 따스한 봄볕 속을 날아 복사꽃 피는 고샅에서 잉잉대며 분주히 오가는 꿀벌들. 병아리들이 종종걸음 치는 잔디 마당. 이런 봄기운에 끌려 안산(案山) 쪽으로 발길을 돌리면 아지랑이가 밭 언덕에서 아롱아롱 반기는 고향의 봄.

나는 봄갈이 준비로 남새밭에 퇴비를 넣는다. 외양간의 두엄과 낙엽을 섞어 발효시킨 퇴비를 수북이 넣는다. 땅심을 높여서 무공해 남새붙이를 가꿀 셈이다. 손자녀석 얼리듯 그렇게 가꿀 것이다. 잘 자란 남새들을 도시 이웃과 나눈다. 시골에서 손수 가꾼 참살이 채소를 오가는 정과 함께 나눈다. 생각만 해도 벌써부터 그 쏠쏠한 재미에 마음이 즐겁다. 씨 뿌리면 싹이 터서 파릇파릇 자라는 생명력의 신비경에 빠진다. 생명력은 생활에 활력을 주고 자연의 조화에 경외심을 갖게 할 것이다.

고향은 우리에게 무엇인가. 6·25 난리통의 깜깜한 밤, 멍멍개가 마룻장 밑에서 강그라지게 짖어대던 그 무섭던 지난날을 모두 정화시킨 고향…. 무엇 하나 풍족한 것이 없었던 고향이다. "누구나 등 뒤에 고향이 있다."고 노래한 시인이 있다. 그렇다. 우리는 등 뒤에 고향이 있어 얼마나 위로를 받는가. 타관 생활에 지친 사람은 감나무 그늘에서 고향 샘물을 마실 일이다. 고단한 세월도 고향 앞에서는 스르르 녹을 것이다.

어릴 적 기억들이 송사리 떼처럼 살고 있는 고향집이 있다는 것은 또 얼마나 마음 풍성한 일인가. 처마 밑의 서까래가 구릿빛 살을 드러내고 있는 고향집을 본다. 모내기하던 때 일꾼의 흙 묻은 다리를 보는 것 같다. 담살이의 가는 다리 같은 애잔한 서까래의 끝에도 추녀의 날렵한 선이 하늘을 치켜본다. 마룻장은 두툼하고 밑바닥은 원목의 결이 그대로 드러나는 거친 것이어도 좋다. 입귀가 깨진 질항아리 술병 하나가 윗목에서 방을 지키고 있다. 장식이라곤 슬쩍 얹어놓은 제비집뿐인 고향집이다.

그러나 고향에서 지내는 생활은 정년 후의 모든 일을 해결해 줄 것만 같다. 푸른 고샅을 지나 맑은 바람과 따스한 햇볕이 만나는 들길에 서면 홍자색 자운영 꽃이 신부처럼 반길 것이다. 예쁜 신부를 맞는 일은 마음 설레는 일이 아니던가. 고향의 봄은 나의 갈 길을 마음 설렘으로 일깨우며, 또….

복만동의 추석

벌써부터 회당정 마당엔 윷놀이가 한창이다. 넉넉한 마음과 풍성한 장담(壯談)은 윷판을 웃기며 '숫(윷)이야, 모야!' 떠들어댄다. 네 짝의 윷가락의 조화는 '도, 개, 걸, 윷, 모'를 아무도 예측할 수 없게 한다. 의외성이 많아, 석 동을 푸고도 마지막 말이 날밭을 통과할 때까지는 장담할 수가 없다. 그러나 고수는 자기 나름의 비법이 있기도 한 모양이다. 그 비법은 주로 윷짝을 담아 뿌리는 깍쟁이를 흔드는 데서 시작된다. 깍쟁이를 쥔 손을 몸의 뒤로 젖히고 몇 번 힘을 주어 흔들고는 마음속으로 생각하는 끗수가 나오겠구나, 감을 잡으면 지체 없이 뿌리고 손바닥으로 제 허벅다리를 힘껏 부쳐대는 것이다. 마을에선 기동당숙, 비끼미아제, 온배미양반 같은 고수 축에 드는 분들은 그리하지만 보통 풋윷이야 그렇게 할 수도 없다. 그저 걸이나 숫(윷)을 바라면 윷짝을 띄우고, 모 · 도간이면 윷판에 힘껏 뿌리는 정도가 고작이다.

원하는 끗수가 나와 주는 것도 중요하지만 말을 어떻게 쓰느냐가 승패의 관건이기도 하다. 그래서 그런지 말을 쓰는 데는 의견이 많기도 하다. 구경하는 사람도 제 나름의 판단으로 한 마디씩 거들며 큰 소리로 자기주장을 펴보지만 결국엔 윷을 놓는 사람의 뜻에 따르기 마련이다.

오늘의 윷놀이는 단체전으로, '가 · 나' 두 조로 나누어 예선을 거치고, 각 조의 승자끼리 우승을 놓고 한판 승부를 겨루게 되었다. 결승은 삼판 양승제로 각각 한 판씩 이기고, 이제 마지막 판의 종반전이다. 앞서가던 '나'조는 석 동을 푸고 마지막 말이 걸이면 나게 되는 날걸의 말판에 있다. 그리고 '가'조는 단지도 푸지 못하고 둑을 날밭에 익히고, 말 하나가 앞밭에서 꺾이어 첫 밭에 있다. 이런 형국에서 '가'조가 윷을 놀 판이다. 그러니 '가'조가 던지고 난 뒤에 '나'조로서는 개가 나오면 익혀놓은 말을 잡게 되고, 걸 이상의 끗수가 나오면 나게 되니 도만 피하면 끝이 나는 판세인 것이다.

이렇게 되고 보니 '가'조로선 기회가 단 한 번뿐이다. 즉 모와 걸을 이어서 하든지 윷을 두 번 하여 날걸의 말판에 있는 '나'조의 말을 잡아야 하는 것이다. 그러니 구경꾼들의 모든 의견들이 동원되어 옆에서들 더 야단이다. '가'조의 윷꾼이 윷가락을 던진 순간, '모야!' 약자를 도우려는 마음이 함성으로 터진다. 이런 응원 속에 뿌려진 윷짝은 원하는 것은 아니 나오고 개를 하여 말판의 중앙인 '방'에 들어간다. 이제 '나'조는 낙만 피하면 되는 것이니 장원을 따낸 기쁨에 덩실덩실 춤을 추며 땅이 꺼지도록 뛰며 좋아한다.

나는 일찌감치 예선에서 탈락하고 구경꾼이 되어 관전을 했다. 평상시 윷을 놀아 볼 때도 상대를 이기려고 덤비기보다는 한바탕 고향에서 어울려 보는 것으로 만족했다. 난장을 튼 장터나 공원의 한 귀퉁이에서 놀아볼 뱃심은 아예 없었지 않은가. 그러나 고향에 윷판이 놓일 때마다 고향을 지키던 분들이 한마당 모여 있었으므로 그냥 지나는 법이 없는 것이다.

"덕렬이 왔능가, 윷 한 번 놀세."

귀에 익은 말이다. 오늘 웬일로 고인이 되신 수룡굴양반의 모습이 떠오르는 것일까. 누런 이를 드러내며 입가에 흰 거품을 머금고 주근깨뿐인 듯한 까칠한 얼굴로 다정스레 맞아주던 분, 때로 술기가 거나할 때면 어릴 적에 나를 업어 주기도 하였다며 당신의 지난날을 회상하곤 하던 분, 평생을 없이 살면서도 남에게 피해를 끼치는 일 없이 남의 조롱도 웃음으로 다 받아넘기던 분으로 누가 뭐라 하건 말건 느긋한 마음은 변함이 없었다. 언제나 고향에 들를 때면 이물 없이 뵐 수 있던 수룡굴양반, 고향을 지키는 분이셨는데…. 눈을 지그시 감고, 고향에서의 윷놀이는 언제나 넉넉했던 수룡굴양반 같다는 생각을 하여 본다. 누가 지고, 누가 이기고가 없다. 이겨도 좋고, 져도 그만인 고향에서의 윷놀이가 아니던가.

금년엔 추석 민속놀이 경연대회는 윷놀이 외에도 재기차기, 새끼꼬기, 씨름, 줄다리기가 진행되었는데 회당정 마당에서는 여느 때도 동네의 크고 작은 일들이 치러졌다. 지난날 동네 연극도 여기서 공연되었고, 음악콩쿠르대회가 열리기도 했다. 추석 잔치를 위하여 온 동네가 며칠을 두고 분주했는데 동네 방송에서는 '복만동 찬가'가 울려 퍼져서 고향을 찾는 분들의 발걸음을 가볍게 하였다.

"산 높고 골 깊은 우리 복만동은 수백 년래 살아, 오늘 우리 땅 사시기후 항상 좋고 화평한데 우리 기중에서 호흡하노라…."

경쾌한 가락에 귀향의 설렘은 뜻을 더하는데 마을 어귀에 들어서자 "고향을 찾아 주셔서 감사합니다." 청년회에서 내건 플래카드가 반갑게 맞아준다. 또 토담에는 서툰 글씨의 추석 민속놀이 행사 안내가 발길을 붙잡고 잠시 추억에 잠기게 한다. 이제는 스무 남은 집만이 농토를 지키고 있는 내 고향 복만동에 모처럼 활기가 넘치고, 사람 사는 것 같다.

줄다리기를 마지막으로 시상식이다. 평소 키가 작지만 하는 일이 당차서 녹두장군의 별호를 가진 이장의 한 말씀. '나는 초등학교도 졸업을 못한 처지입니다.' 이렇게 서두를 시작하더니 오늘 행사의 총평과 마을의 발전 방향 등을 말하는 모습에서는 분수대로 살아가는 겸양의 덕만을 생각케 한다. 거짓을 모르고, 안한 일은 안 했다 하고, 못하는 일은 못한다고 말하는 솔직함이 장하게 느껴지고 돋보이는 것이다.

상품도 모두 동네 사람 차지요, 즐거움도 모두 동네 차지인 추석잔치에 꽹과리, 징, 장구가 어찌 빠지겠는가. 보름달 아래서 고향 분들은 둥글게 둥글게 손잡고 한바탕 군무로 함께 어우러진다. 모든 소리, 모든 동작이 징 소리에 호흡을 맞춰 나와 너 따로 없고, 잘한 일 못한 일 따로 없이 한데 녹아 흐른다. '언제나 오늘같이 이렇게 모여 살면 쓰것다.' 당숙의 말씀 따라, 징 소리가 '징…징… 징…' 물무늬처럼 퍼지며 '동네가 사람 사는 것 같네.' 하는 것만 같은 복만동의 추석 달밤이다.

사랑방

마음이 안정감을 잃을 때는 고향을 찾는다. 고샅의 생울타리, 키 낮은 토담, 허술한 사립문을 마주하면 마음은 스스로 평정을 얻는다. 어디, 부모님 계시는 고향에서 푸근함을 느끼지 않는 사람이 있으랴만 나에게는 어릴 적 사랑방에 얽힌 추억 때문에 더하는지도 모르겠다.

요새는 명절 때나 사랑방에 불을 지핀다. 그러나 하냥 사랑방의 지창(紙窓)은 햇발을 담아 들여 따스한 호수를 이룬다. 지난 가을날 햇발이 성근 오후였다. 뒤꼍으로 돌아가니 긴 그림자 자락이 사랑방 죽창(竹窓) 안을 엿보고 있지 않은가! 웬일인지 마음이 안쪽으로 끌려 방문을 열고 들어섰다. 맞아주는 것은 방을 지키는 목침, 나무재떨이, 호롱등잔, 그리고 벽에 걸린 천자문(千字文)들로 예나 다름없이 눈에 익었다. 목침은 사랑방 세간의 으뜸이라 할 만하다. 베개의 역할을 떠나서 목침돌림, 목침단자, 목침찜에 이르기까지 화제를 풍성하게 뿌렸었다.

사랑방의 계절은 아무래도 겨울철이 제격이라 하겠다. 눈이 길을 넘게 며칠이고 내리는 날이면 사랑방은 한층 활기가 돌았다. 동네 일꾼들이 모여 앉아 손바닥에 침을 퉤퉤 뱉어 가며 새끼를 꼬고, 망태나 덕석을 엮거나 짚신을 삼으며 이야기판을 벌였다. 웃음꽃이 만발한 사랑방은 매서운 추위에도 쇠죽을 쑤어 잘잘 끓었다. 아버지께서 쇠죽을 끓일 때면 나는 곁에 있다가 장작을 아궁이가 터지도록 뫼기도 했었다.

위 아랫목이 따로 없이 끓는 사랑방에는 일손을 잠시 놓은 동촌댁네 꼴머슴이 드르렁 코를 고는 것이었다. 전에 보았던 대로 불침을 놓으려고 숨을 죽이며 성냥을 태워 숯을 만들었다. 어디다 놓을 것인가? 두리번대다가 숯의 꽁무니에 침을 발라 발등에 세우고 불을 댕겼다. 성냥 숯은 꼭대기부터 발갛게 타들어 갔다. 사랑꾼들은 자다가 놀라는 꼴을 연상하는지 터져나는 웃음을 참느라 애를 먹는데 꼴머슴은 계속 코를 고는 것이었다. 이윽고, 코고는 리듬이 깨지고 미동이 시작되었다.

셋, 둘, 하나….

속으로 폭발의 순간을 쟀다.

"아아, 뜨거어!"

엉겁결에 벌떡 일어나 베고 자던 목침으로 누구를 내리칠 기세였다. 나는 겁을 먹고 가마니틀 뒤로 숨었고, 다른 머슴들은 시치미를 떼었다. 서로 한동안 얼굴만 쳐다보다가 상머슴이 추렴 술을 먹자고 깨운 거라며 너스레를 떨었다. 단잠을 깬 것이 아깝지만 어쩔 수 없는 일이 아닌가!

'에참, 에참…' 입맛을 다시며 치미는 부아를 참아내고 있었다. 금방 터질 것같이 팽팽하던 사랑방의 분위기가 한 고비를 넘기자 뽀시락장난[1]으로 이어졌다. 서로를 건드리며 또 한바탕 킬킬거리고 나자 목이 마르고 뱃속도 출출해진 머슴들은 탁배기 한 잔이 간절했다.

아까 너스레로 말했던 추렴 술을 가져오기로 했다. 두붓국을 끓이고 무청김치 한사발로 술상이 보아졌다. 도래상에 둘러앉아 꿀꺽꿀꺽 술잔을 비우니 씽씽 우는 문풍지 소리에도 마음은 훈훈했다. 이렇게 넉넉한 인정을 나눠 마시며 기쁨도 슬픔도 함께 하던 사랑방이지만 항상 머슴들의 차지로만 있지는 않았다.

한때는 글방을 안쳐 서당 아이들이 모여들기도 하였다. 저녁 글소리가 끊기면 '에헴, 에헴' 헛기침을 하면서 동네 어르신들이 모이셨다. 좌상은 아랫목에서 담배통을 화로에 묻고는 옴질옴질 연기를 뿜으셨다. 피어나는 연기 속에 마을의 관혼상제가 오르내리고 농가월령가 아는 바 없어도 내년의 농사일은 화롯가에서 시작되었다. 재떨이 탕탕, 재를 털며 자근자근 아낀 이야기 끝은 걸러지고 보태져 한 생각으로 뭉뚱그려졌다. 이렇게 뜻이 모아지는 사랑방은 새 소식이 나가는 곳이요, 샘터의 아낙네는 이 소식을 전하느라 입이 더욱 바빠졌다.

---

1) 뽀시락장난 명 '보스락장난'의 방원(전라).

사랑방에서 밤늦도록 이야기가 끝도 갓도 없이 이어지는데 밖에서는 함박눈이 펑펑 내렸다. 대나무도 솜옷을 입어 구부정 노인 같고 짚가리도 영락없는 신선으로 서 있었다. 하늘도 땅도 눈빛으로 하나가 된 겨울밤이었다. 늦은 밤 흰옷의 어르신들은 집으로 돌아가려 문을 나섰다.

"오매[2], 눈이 흐거게[3] 왔네!"

"풍년들랑갑네. 어서 가 소매[4] 보소."

논밭의 거름이 귀하던 시절, 오줌도 제 집에 누어 보리를 가꾸던 때라서 건네는 말들이었다.

우리 집 사랑방은 큰할아버님 계시던 방보다야 묵은 책 그득한 벽장도 없고 대를 물려 손때로 윤이 나는 쾌상에서 묵향(墨香)이 퍼지는 일도 없었다. 그래서 때로 집 없는 이웃에게 따뜻한 살림방이 되기도 했고 길손도 묵어갔다. 날이 저물어 찾아든 과객(過客)에겐 한동자가 마련되고 그날은 한식구가 되었다. 이렇게 사랑방은 지난날의 우리네 생활의 풍속도였다. 지금은 추억거리만 유품처럼 남았을 뿐이다.

세상은 하루가 다르게 변하고, 옛날의 사랑방의 분위기를 되찾을 길은 이제 없다. 사랑방에 넘치던 낭만과 인정, 어르신들의 당당하고 여유 있던 모습, 그리고 불침을 맞고

2) 오매 감 '어머나'의 방원(전라).
3) 흐거다 형 '하얗다'의 방원(전라).
4) 소매 명 '오줌'의 방원(전라).

도 다짜고짜로 화만 내지 않던 꼴머슴의 모습이 그립다.

불현듯 현대 생활 속에서 사랑방의 구수하고 인정이 넘치는 조화된 문화를 실천하는 한 사람으로 남고 싶어진다. 그래, 마음의 한 구석에라도 사랑방을 차리자. 정이 넘치는 사랑방의 문화를 현대적 공간에서 이루어 볼 수는 없을까.

보리밥

자취하던 시절, 밥 짓는 일은 여간 힘 드는 게 아니었다. 여름에는 보리밥을 지어야 하기 때문에 더욱 그랬다. 보릿고개가 굽이굽이 높기만 하던 때, 작년에 지은 쌀은 이미 동이 났다. 이때 쑥꾹새 울음소리는 고갯마루에 쌓여 근심처럼 마을로 흘렀다. 이럴 즈음이면 고향에선 하루가 다르게 산야에 녹음이 짙어갔다. 녹음에 물든 보리는 좀처럼 익지를 않았다.

보리가 누릿누릿 어서 여물기를 바라다가 아직은 덜 여문 풋보리 두어 단을 밭귀에서 베어 풋바심을 하였다. 이때부터 골이 까만 보리쌀로 자췻밥을 지어야 했다. 쌀로 밥을 지을 때보다 신경을 더 써야 했다. 보리쌀을 미리 물에 불려 밥물을 알맞게 잡아 안치지만 그렇다고 그냥 밥이 되는 것은 아니었다. 불이 시원찮으면 물만 졸아들고, 불이 너무 싸면 부르르 끓어 물만 넘쳐버렸다. 그럴 때면 다시 물을 두르고 밥을 짓지만 퍼슬퍼슬하기 일쑤였다. 이런 밥에 어쩌다 물이라도 마는 날엔 보리쌀은 낱 알갱이로 흩어져 뒹굴고 말았다.

그러나 어쩌랴. 물과 함께 마시다시피 보리밥을 먹고는 등교를 서둘렀다. 무등산 아래 배고픈다리 부근에 방을 얻어 자취할 때니 학교에 가려면 작은 고개를 넘어야 했다. 비탈밭에선 보리들이 익어가는 고개였다. 어머니의 까칠한 손등 같은 이 고개를 넘을 때는 어머니가 지으신 잘 화진 꽁보리밥 생각이 간절했다. 보리쌀만으로 차진 꽁보리밥을 지으시는 데에는 당신만의 어떤 비법이 있었다. 초벌 삶은 보리쌀을 우묵한 솥에 안쳐 푸나무로 불을 지폈다. 얼마나 땠을까 솥뚜껑의 물기가 가시고 김이 올랐다. 밥이 끓으면 잠깐 물렸다가 잦히곤 했다. 푸우푸우 쏟아내는 김으로 솥뚜껑은 들썩거리고 밥물이 뚝뚝 졌다. 여기서 불 때기를 그만 두고 한참 있다가 아궁이의 재를 해작여 여열로 뜸을 들였다. 밥상을 차리는 동안에 솥에서 강냉이도 꺼내어 주시며 뜸 들이는 충분한 여유를 가졌다. 언제나 어머니는 차진 보리밥을 식구들이 먹을 수 있게 지으셨다. 아궁이의 온도가 어떻고, 물의 양을 따지는 일도 없었다. 그저 손에 익는 대로 밥 짓기에 정성을 다하는 것이었다.

한솥밥이 밑은 놀짱한 누룽지가 되고 나머지는 잘 화진 꽁보리밥이 아니던가. 더하고 못한 데가 없이 위아래가 서로 뗄 수 없는 난작난작한 한 솥 보리밥이었다. 이런 꽁보리밥은 입안에 척척 당기며 여름 불볕더위를 이겨내는 힘이 되었다. 한더위를 피하여 들일을 나갈 적에 식은 밥 한 술에 샘물을 부어 고추 곁들이면 논매기도 거뜬했었다.

그러나 내가 지은 자췻밥은 입안에서 뱅뱅 돌며 입안이 뻑뻑했다. 다 지은 밥에 물기가 남아 있거나 덜 퍼진 보리쌀이 꼬들꼬들하여 알갱이가 제멋대로 굴렀다. 여러 해 자취를 하였지만 끝내 뜸 들이는 비방은 익히지 못했다. 그래선지 지금도 하는 일들이 어설프고 매조지가 서툴다. 수필의 초고가 오래 잠을 자고 있기도 하고 일상생활 속에서 어떤 새로운 국면에 부딪치면 얼른 적응을 못하고 우물쭈물하기 일쑤다. 마지막 뜸을 들이지 못하고 선 밥을 짓고 만다고나 할까.

알맞게 고슬고슬한 밥을 짓는 데에는 밥솥이 문제요, 땔감 또한 중요하다. 곱삶이에는 가마솥과 장작이 제일이다. 가마솥은 열의 전도가 진득하고, 장작은 여열이 오래 남아 뜸들이기에 안성맞춤이다. 아궁이의 숯불에 또독또독 물기는 밭고 노릇노릇 누룽지가 익는다. 밥을 담아내고 물을 부으면 보리밥 숭늉이 아니던가. 그 구수한 숭늉의 맛은 우리의 입안을 풍성하게 채운다.

한솥밥을 잘 짓는 데에도 어느 것 하나 남거나 모자라도 아니 되고, 한 가지 일에만 매달리거나 소홀해도 못쓴다. 어떤 공식으로만 되는 일도 아닌 성싶다. 그저 꾸밈없이 진솔하게 차근차근 밥 짓기의 과정을 밟아가는 그 자체가 최선의 방법이 아닐는지….

자취하던 시절 밥 짓기 추억에서 가끔 헝클어진 생활을 풀어가는 슬기를 얻기도 한다. 같은 보리쌀로 먹을 만한 밥을 짓기도 하고 고두밥이나 언덕밥을 만들기도 한다. 우리의 삶 자체가 밥 짓는 일이나 마찬가지인 것 같다는 생각이다. 삶의 묘미는 뜸을 어떻게 들이느냐에 달려있지 않을까.

말바우장

‘저쪽으로 가자!’ 말바우장은 저만큼에 있지…. 전남대학교 후문 쪽에서 찾아간다. 처음 보는 것 같은 아파트의 뒤꼭지와 넓은 이면 도로가 낯설다. 고샅이 이어지더니, 어느새 비릿한 냄새가 ‘장터 입구요’ 하는 것 같다.

이런 골목을 입구라 친다면 입구가 한 스무 개도 넘을 성부른 것을 알게 된 것은 한 시간여 이 골목 저 골목을 뒤지고 다닌 뒤였다. 장터에 진열된 물건들을 구경한다. 생선가게에서 생선들을 바라보면 생선들도 나를 쳐다보고, 골목에 가면 봄나물들도 나를 쳐다보고, 이불집을 지날 때는 이불들이 나를 포근하게 감싸주는 게 아닌가. 참 신기하다.

이제 이 골목을 끝까지 가 볼까. ‘좌판들 즐비한 저잣거리’다. 장꾼들로 붐빈다. 봄날 풀린 날씨가 장꾼들을 불러들였나? 심심하지 않다.

“어허, 사람이 참 많이 모였습니다.”

냉이, 애쑥, 봄동 등을 좌판도 없이 바닥에 놓고 손님을 기다리는 할머니께 말을 붙인다.

“야, 큰장이라 그라지라우.”

'큰장'은 시골 재래시장인 5일장과 도시 매일시장이 혼합된 형태. 이곳 말바우장날은 2·4·7·9일에 선다는 것. 그러니 하루를 건너, 서는 장이 있고, 이틀을 건너, 서는 장이 있다. 큰장은 이틀을 건너 3일만에 서는 장을 일컫는 말이다.

꼭 대목장 같이 오가는 사람과 장꾼이 한데 어울렸다. 아무리 바쁜 사람이라도 빨리 걸을 수도 없다. 바쁜 사람은 애가 터지는 길이요, 오늘 나 같은 장꾼은 장터 기분을 만끽할 수 있는 길이 되었다. 한참을 밀려가듯 걸어도 내 위치를 가늠할 수 없다. 눈에는 익은 거린 데 당최 어디가 어딘지 알 수가 없는 것이다. 아는 것 같은 길, 그러나 지금 위치를 짐작할 수 없는 안타까움. 낯선 풍경이다.

평소에는 없던 좌판이 길 양쪽에 빽빽이 들어서고 대형 파라솔도 서 있고, FTA 발효인가, 오렌지가 싸다고 외쳐대고, 완도에서 막 올라온 물미역이 '한 보따리에 천원, 천원!' 목청을 돋우고, 공터 튀밥 튀기는 소리까지 합쳐져서 그런가. 얼마나 더 걸으니, 무등도서관이 알은체를 하니 생소하던 분위기는 일시에 사라지고 만다.

도서관 앞 근린공원의 정자(亭子) 마루에 걸터앉아 쉬기로 한다. 한숨 돌려 머리를 든다. 앞의 큰길을 건너면 두암동(斗岩洞). 밤실을 지나 무진고성지(武珍古城址)의 잣고개를 넘으면 무등산 자락의 정자들이 춘경을 다투어 자랑하는 광주호 주변이다. 아, 벌써 호숫가 버들개지 부푸는 소리에 귀를 종그는 식영정(息影亭)은 성산별곡을 읊조린다.

엇던 디날 손이 성산(星山)의 머믈며서,
서하당 식영정 쥬인(主人)아, 내 말 듯소."
–이병주 편:[송강·『고산문학론』 35쪽

나는 '어떤 지나는 손'이 되어보는 것이다. 봄기운 실눈 속에 아지랑이 아롱거린다. 장자(莊子)는 아지랑이를 야마(野馬)라 했던가. 이제 나는 붕새는 아니더라도 한 마리 텃새처럼 남도 '5일 장터'를 찾아 나설 것이다.

벌써 점심시간이 훨씬 지났다. 놀란 듯 일어서서 국밥집 골목을 찾아, '자라봉국밥집'으로 들어선다. 토렴하는 아줌마의 능숙한 솜씨에서 뭔가 쫄깃쫄깃한 얘기가 한없이 풀려날 것만 같은 장터 국밥집이다. 버글버글 끓는 것은 가마솥의 국물뿐이 아니다. 방이나 바깥이나 가득 찬 손님도 끓기는 매한가지다.

"정년하면 5일 장터 돌면서 장터국밥 먹으며 시장사람 냄새를 맡아 보겠다."고 한 지가 벌써 3년이 지나고, 또 1년이 흘렀단 말인가!

국밥 한 그릇을 앞에 놓고 있다. 발걸음 따라 들어선 국밥집도 하나의 선택. 순간순간 일어나는 하찮은 일의 처리도 하나의 결단이 되는 것이다. 봄나물 바구니 앞에서 말을 거는 것도, 어물전을 구경하며 알키한 홍어 냄새를 공짜로

맡는 것도, 마른대추만을 앞에 놓고 마냥 흥겨운 하루를 보내는 어눌한 할아버지를 사진에 담는 일도, 모두 하나의 결단인 것…. 내가 말바우장을 5일 장터 탐방의 시발점으로 잡은 것은 큰 결단이 아닐 수 없다. 왜 그랬을까? 이름에 끌리고, 그냥 마음에 그렇게 하고 싶었던 것뿐이긴 하지만 말이다.

중·고등학교 다니던 때만 해도 서방천이 흐르고 논밭이었다. 밭귀에는 큰 바위도 많았던 이곳, 이제는 집들로 꽉 찼다. '개발'의 바람은 바윗덩이도 날려버렸다. '말바우' 유래를 말해주는 그 바위는 찾을 길이 없다. 대체, 그 바위는 어디쯤 있었을까?

'말바우'에서 '바우'는 '바위'의 전라방언. 그렇다면 '말'은 무엇인가? '말 두(斗)'인가 '말 마(馬)'인가?

큰 바위에 한 말(斗)들이 구멍을 파서 거기에 들어가는 곡식의 양을 기준으로 '이것은 한 말이오. 이것은 한 말이 넘소.' 하며 판관 노릇을 했던 바위가 말바우[斗岩]라는 게 나의 생각이다. 도량형의 기준 하나를 바위에 만들어 분쟁의 소지를 없앴던 그 바위 이름이 '말바우'로 불렸고 뒷날 두암(斗岩)이라 했을 것. 바로 옆에 '되바우'나 '홉바우'도 있을 법한데 그런 바위를 보았다는 사람을 아직 만나지 못했다. 어찌 보면 다행이다. 또 다른 전설들이 주렁주렁, 얼마나 많은 이야기를 쏟아낼지 모르기 때문이다.

현장에서 들은 설화 같은 이야기는 이렇다. 무등산에서

김덕령 장군이 타던 말(馬)과 누이의 활 솜씨를 겨루게 된다. 말이 목표 지점인 너럭바위에 도착하자, 화살이 말의 목을 관통하게 된다. 이렇게 되어 이긴 말은 가고 발굽은 바위에 남아 말바우 전설이 된 것이다.

말바우장, 많은 이야기가 숨어 있는 장터! 장날이면 삶의 이야기들이 골목마다 꾸역꾸역 모여든다. 그래서 장터에는 없는 것 없이 다 있다. 모든 물건, 모든 냄새, 모든 인정…, 장터의 질서도 없는 듯 있다. 골목 한 뼘 자리도 다 정해져, 1천에 가까운 상인들이 잡음 없이 지내고 있다. 삶의 애환이 도랑물 되어 흐르는 곳이 장터 풍경이 아닌가.

동지죽 골목이다. 아주머니 두 분이 입맛을 다시면서 나온다.

"죽 맛있습디여?"

일면식도 없는 분들의 대답이 곱다.

"예, 맛있습디다."

"얼맙디여."

"이천오백 원이라우."

싸고 풍성한 것이 장터 아니던가. 또 옆 골목에선 젓갈 삭는 냄새가 풍겨온다. 나이 지긋한 아저씨와 젊은 주인댁. 아저씨는 젓갈을 맛보고 주인댁은 까만 비닐봉지에다 젓갈 통에서 둬 번 떠 담고는 덤으로 한 번 더 넣더니, 저울에 얹는다. 구경하던 나는 또 괜히 거들어 쌓는다.

"맛있것소."

"가남으로 담아서, 뜨니까 딱 맞아분갑소."

손님에게도 주인에게도 한 마디씩 건넨다. 그러다 보니 나도 스스로 놀라 한 마디 하고 말았다.

"오메! 젓이란 젓은 다 모타부렀네이-잉."

'갈치창젓, 게알젓, 고록젓, 굴젓, 꼴뚜기젓, 낙지젓, 또라젓, 돔배젓, 멸젓, 새우젓, 속젓, 잡젓, 전어밤젓, 창란젓, 황석어젓….'

또 몇 발짝 옮기니 박물장수 보인다.

"요것 얼마요?"

잊고 있던 검정 고무줄이다.

"천 원이라우."

내가 장을 본 검정 고무줄 두 개를 이으면 3m도 넘는다.

초등학교 시절, 여학생들이 운동장 한쪽을 차지하고 고무줄넘기를 하던 일이 스쳐간다. 곱슬머리 수복이가 제일 잘했던가. 꼬마 기남이는 아닐 테고, 키 큰 덕례와 일순이, 한동네 판순이 누나, 사납쟁이 행순이, 제 나이에 입학한 영례와 재남이…. 지금은 그때 그 애티가 어디 한군데나 박혀 있는지 알 길이 없다.

"무찌르자 오랑캐 몇 백만이냐, 대한 남아 가는 데 초개로구나, 나아가자 나아가 승리의 길로" 몇 차례 돌면 끝날까 하면 "강남 갔던 제비가…." 돌아오고, "태극기가 바람에…" 휘날리기도 하며 끝이 없었다. 편을 갈라섰지만 합창을 하며 몇 바퀴를 돌고도 지칠 줄 모르던 그 가시나들, 빰은 발개졌고, 땀은 송알송알 아늠에 솟았다. 높이 뛰어 한 발에 고무줄을 걸고 좌우로 감고 돌며, 앞으로 뒤로 오고가는가 하면 제자리에 서서 뛰고, 또 그것을 반복하기를 몇 번. 그럴 때마다 양쪽에서 잡은 고무줄은 무릎에서부터 머리 위 한두 뼘 높이까지 올라갔다. 가장 높이 올린 고무줄은 제 키보다 높게 마련인데 뛰어올라 그 고무줄로 재주를 부리던 같은 반 그미들이 아련히 떠오른다.

이런 저런 장 구경에 재미를 붙였지만 어릴 적과 너무 다른 것이 하나 있다. 할머니 손잡고 온 손주들을 만날 수가 없는 것이다. 어린애를 동반한 엄마도 보이지 않는다. 응! 근데 저기 옷 가게 앞에서 등에 아이를 업고 있질 않는가. 포단을 받쳐 띠를 둘러서 업은 품이 옛날 그대로다. 참 신기하기까지 하다. 한참을 바라보다가 점포 안으로 들어가는 그녀를 따라간다. 아이를 업은 엄마와 아기 얼굴을 한 번 보고 싶어서다. 그런데 나는 '아!' 소리를 지를 뻔하다가, 걸음을 멈췄다. 등에 업은 것은 옷을 곱게 입힌 애완견이 아닌가. 한참을 보고 또 보고…. 지금도 머릿속을 점령하고 있는 그 견모(犬母)?

평소에는 말바우장! 하면 '말바우 4거리'가 기준이었다. 장꾼이 되어 뒷길로 장터에 오니 할 말도 쓸 말도 많아졌다. 오늘은 큰장날이니 낼 모레 작은장에 또 와서 맛있다는 팥죽 한 그릇 먹어야겠다.

어머니의 치성(致誠)

얼마 안 있으면 고향은 뽑히고 만다. 고향 마을이 '빛그린국가산업단지'로 개발되기 때문이다. 나는 시한부 인생을 바라보는 심정으로 비어 있는 고향집엘 가곤 한다. 마지막이 되겠구나 싶으니 부모님 쓰시던 한 가지 세간에도 감회가 남다르다.

큰방 윗목 구석에 세워진 배석 자리에 눈이 간다. 어머니가 명절이나 식구들 생일 때에 윗목에 깔고, 시루떡을 올리던 그 배석(拜席)이다. 볼품으로야 누가 거들 떠 보지도 않은 세간. 값이 나가는 물건도 아니다. 고향집이 헐리면 함께 없어질 운명이다. 오래 써서 낡고, 가장자리 곳곳엔 헝겊을 데어 꿰맨 어머니의 바느질 솜씨가 남아 있다. 뵈올 길 없는 어머니를 본 듯 반갑고, 만감이 오고 간다.

어머니께서 머리 감고, 정갈하게 차려 입은 치맛귀에서 '우엉' 소리가 일 때면 '시루떡을 먹을 수 있는 날인 갑다[1]' 했었다. 오늘도 내 감회는 어머니를 만나고 있다. 윗목에

1) ㄴ갑다[추측성 서술형 어미] '~하는 모양이다'의 방언(전라).

배석 자리를 펴고 짚 한 줌을 새로 깔고는 정화수 떠놓고, 배석 자리의 한가운데에 떡시루를 올리는 모습이다. 떡시루 뚜껑을 여니 김이 방 안에 가득 피어오른다. 천장으로 '우욱' 한꺼번에 피어오르는 김은 어머니의 치성이 하늘에 닿는 듯하다.

윗목에 차리는 것은 시루떡만이 아니었다. 여름날 강냉이 한두 개를 꺾어다 밥 위에 쪄내도, 울타리의 오이 하나를 처음 따와도, 가을이면 풋감 하나를 우려내도, 햇고구마를 몇 개 캐 와도 윗목에 배석 자리를 반쯤 펴고 차려놓으셨다. 새로운 음식 하나 만들어 먹을 때도, 이웃에서 이바지가 들어와도…. 윗목에 먼저 훈감한 내음을 피운 뒤에라야 우리들에게 먹게 했던 어머니. 생각해 보면 어머니의 그 마음은 지극한 '치성(致誠)'이었다.

형님이 외지에 유학하면서부터 '초사흘'을 쇠기도 했다. 일 년 열두 달을 빠짐없이 시루떡을 차려놓고 자식을 위해 비셨다. 절을 올리고 무릎을 꿇고, 손을 빌 때면 치성의 말씀을 잘도 하셨다. 초사흘, 명절, 생일, 때로는 자식들이 아파 신열이 펄펄 끓던 날에도 비손은 이어졌다. 경우 경우에 빌던 내용이 조금씩 달라지곤 했지만 '어진 지앙[2]님네'로 시작하는 것은 항상 같았다.

2) 지앙 명 '삼신, 조상'의 뜻으로 쓰이는 방언(전라).

어진 지앙님네가
생겨주신 지앙님네가, 다아
아무 탈 없이 해 주시고
복(福)은 석수비 복을 점지하시고
명(命)은 동방삭이 명을 점지하시고

인간은 해먹고 살라면
동서남북을 안 간 데 없이 다 댕기니[3)]
아무 탈을 잡지 마시고, 키워 주시고

객지 가 있는 자손들도
먼[4)] 일이든지 맘먹고
뜻 먹고 있는 대로 해주시고
물 묻은 쪽빡[5)]에 깨 들어붙데끼[6)]
재수만 대통하게 해주시고

누어서 삼천 리를, 앉아서 구만 리를 보시는
어진 지앙님네가
아무 탈도 잡지 마시고
키워주시고 아무 자착[7)] 없이 해주시고…….

---

3) 댕기다 [동] '다니다'의 방언(전라).
4) 먼 [관] '무슨'의 방언(전라).
5) 쫍빡 [명] '쪽박'의 방언(전라).
6) 데끼 [연결어미] '듯이'의 방언(전라).

어머니의 치성의 말씀은 끝없이 이어졌다. 나는 어머니의 치성 덕분인지 사십여 년을 교단을 지키다가 훈장을 차고 정년을 할 수 있었다. 그동안 어떤 행사에 맞게 이만한 내용을 담아낼 수 있었던가, 생각해 보게 한다. 남 앞에 설 때는 자세하게 메모를 하거나, 원고를 준비하여 말하곤 하였다. 그런데 어머니의 말씀은 간절하고 지극한 정성 때문일까? 술술 막힘이 없었다. 요점도 놓치지 않았다.

어머니는 글을 모르셨다. 늘그막에야 자식들에게 배워서 겨우 '정재님' 당신 이름 석 자밖에 쓸 줄 몰랐던 어머니. 어떻게 이런 치성의 말씀을 익혔는지는 알 수가 없다. 외할머니 하시는 것을 어깨너머로 들으셨던 것일까. 치성의 말씀은 그냥 머릿속에 박혀있었다.

어머니께서 비손을 할 때면 까칠까칠한 손에서는 마찰음이 들릴 듯 말 듯했다. 그 손이 닳고 닳도록 떨어지는 물방울이 바위를 뚫듯 빌고 빌었다. 치성을 드리던 간절한 모습, 나는 이때까지 딴 데서는 그런 모습을 대한 적이 없다.

종교가 무엇인 줄도 모르던 어머니였다. 손을 뒤집듯 믿음을 바꾸고, 같은 집단에서도 패거리끼리 파당을 짓고, 믿음의 탈을 쓴 탈선 행각도 보고 듣는 오늘이다.

종교보다도 거룩한 어머니의 치성을 드리던 모습! 어머니는 그저 지극정성으로 빌고 또 빌었을 뿐이다.

---

7)자착 명 '탈, 문제'의 뜻으로 쓰이는 방언(전라).

chapter 2

입동 무렵

간고등어

오늘은 4일, 옥과장날이다. 읍내의 건물들과 거리의 분위기와 오일장터 풍경들이 잘 어울린다. 지난날과 현대의 숨결이 다정하다. 장터 골목을 막 들어서자 저쪽 가게가 살아 있다.

"어메[1], 뭣 좀 사실라우[2]?"

"멋[3]?"

"간고등에[4]…."

어물전 아줌마의 언사가 좋다. 허리 굽은 할머니를 어머니라고 살갑게 부르는 걸 보면 능간이 여간 아니다. 할머니도 '큰딸이 부르는갑다.' 하는 태도다. 사고파는 흥정도 아니지만 알은체하며 오가는 말들이 다습다. 장을 보러 가는 것도 큰 출입이던 할머니 시절. 오늘도 머리 곱게 빗고, 정갈하게 차려 입었다. 무얼 사려는지 둘레둘레 눈을 주며 둘

---

1) 어메 명 '어머니'의 방언(전라).

2) ~라우 미 '~요'의 방언(전라).

3) 멋 대 '무엇'의 방언(전라).

4) 고등에 명 '고등어'의 방언(전라).

러보는 모습에서 지난 세월을 다시 만난다.

옥과장은 전남 곡성군 옥과면 이문리에 서는 5일장. 새로 지은 건물의 지붕을 덮씌운 점포에는 철물전, 장판전, 옷가게, 신발가게 등이 들어앉았다. 골목에 늘어앉은 할머니들도 그냥 땅바닥에 전을 벌리는 일은 없다. 네모지기 자리를 펴고 풋고추, 오이, 가지, 토마토, 강냉이 등 집에서 가꾼 것들을 놓고 손님을 기다린다. 장터는 북적거리는 맛이 있어야 하는데 날씨는 덥고 농사철이라 그러는지 장꾼이 귀하다. 주차장도 넓게 마련되어 있는데…. 재래시장을 살려보려는 행정력이 구석구석에서 눈을 부라리는 것만 같다.

농촌 인구가 철철 넘쳐나던 지난날, 농사철에는 간고등어가 대접을 받았다. 생각보다 훨썩[5] 많은 통소금을 배아지[6]에 담고서 장터 좌판에서 농부의 손에 들려갔던 것. 모내기를 앞두고는 장은 봐야 했던 시절이었다. 해도 거반 석양으로 타고 있을 때, 간고등어 한 손쯤 지겟다리에 매달면 농찬(農饌) 걱정은 덜었다. 그 한 손의 넉넉함은 어디다 댈 것인가. 이쯤에서 탁배기[7] 한 잔 걸치면 시오리 길도 거뜬했다.

이제 막 캐낸 감자를 굵직하게 썰어 고춧가루 듬뿍 치고,

---

5) 훨썩 㕛 '훨씬'의 방언(전라).
6) 배아지 명 '배'의 방언(전라).
7) 탁배기 명 '막걸리'의 방언(경상, 전라).

자글자글 끓여내면 조림이 일품이었다. 은빛 고등어는 검푸른 바닷물을 못 잊는지 눈을 감지 못하다가 등 푸른 어족의 지조를 맛으로 보여주는 것일까. 통통한 가운데 토막의 담백한 맛, 그 육질과 감자의 포근포근한 감촉. '농자천하지대본(農者天下之大本)'이던 그 시절, 놉들은 간고등어의 감칠맛 덕분에 고봉밥을 가무렸던 것이다.

이런 고등어는 전남 방언에서는 '고등에'로 불린다. 홍어가 홍에로, 붕어가 붕에로 발음되는 것도 같은 모음 변이 현상. 고기 이름에 붙은 '어(魚)'는 모두 조음(調音)의 편의를 따라 전설모음 '에'로 발음되고 만다.

방언은 그 지방 환경에 적응하며 살아남은 언어 유산. 산 넘고 물 건너면서 역사와 문화를 바탕으로 달라졌던 소리, "간고등에…."는 전남 방언의 한 특징이다.

고리포의 짱뚱이

지난여름 고리포에서의 일이다. 바닷물에 몸을 식히고 있는데 맨손에 짱뚱이[1] 한 마리가 잡혔다. 어쩌다 그냥 손에 들어온 요 녀석을 살펴본다. 눈이 툭 튀어 나와 빠질 것만 같은 모양이 우습다. 이 튀어나온 눈을 보고 철목어(凸目魚)라 이름붙인 것은 정약전의 ≪자산어보≫에서다. 아직 다 자라지 않은 놈인가. 가운데손가락 만한 몸집에 비해 입이 크다. 불안에 떨며 입만 벌씸벌씸 애처로운 모습이다. 이 걸 어쩌지. '아나, 어서 가그라[2].' 물속에 놓아주었다.

바닷물을 걸어가듯 헤엄쳐 멀어져간 짱뚱이를 따라가던 내 눈길은 개펄에 머물렀다. 거기엔 온몸에 뻘[3]을 둘러쓴 짱뚱이들이 구물구물 놀고 있었다. '웅, 요놈들 봐라…' 나를 빤히 쳐다보고 있는 것만 같았다. 나도 뚫어지게 쳐다보며 녀석들의 행동을 관찰하게 되었다. 우연한 눈싸움은 기

---

1) 짱뚱이 명 '짱뚱어'의 방언(전라).

2) ~그라 [종결어미] '~거라(해라할 자리에 쓰여, 명령의 뜻을 나타내는 종결 어미.)'의 방언(전라).

3) 뻘 명 '개흙(갯바닥이나 늪 바닥에 있는 거무스름하고 미끈미끈한 고운 흙)'의 방언(경남, 전라).

싸움이 되었을까. 짱뚱이도 어떤 이상한 흐름을 감지했는지, 가만히 엎드려 있다. 눈깔[4]만 뻘 속에서 반짝인다. 팽팽한 대치 상태가 한동안 지속되었다. '뻘밭으로 나가볼까.' 나는 몸을 일으켜 몇 발짝 옮겼다. 반사적으로 녀석들은 우르르 방향을 바꿔 폴딱폴딱[5] 뛰어 달아난다. '느그덜[6] 잡지 않을 것인디[7]….' 중얼거리며 그 자리에 서고 말았다. 얼마나 지났을까. 바라보다 심심해진 나는 짱뚱이 쪽을 향하여 갑자기 돌진했다. 놀란 녀석들은 뻘밭을 탄환처럼 잘도 도망쳐 달아났다. 탄도어(彈塗魚)라 불릴 만했다. 서유구는 ≪전어지(佃漁志)≫에서 탄도어란 이름 말고도 한글로 '짱뚜이'라 적고 있는 것이다. 전어지가 나온 것은 조선 후기, 아마 그 이전부터 갯사람들은 짱뚜이라 불렀을 것이다.

뱃속이 출출해진 탓일까. '짱뚱이탕'이 떠올랐다. '요걸 한 스무 마리쯤만 잡으면 짱뚱이탕이 좋겠는데….' 혼잣말을 하고는 '다음 파수(波收)에는 요것들을 잡아보자.' 마음먹었다. 짱뚱이 포획 준비는 착착 진행되었다. 낚시할 때 쓰던 뜰망이면 아이들이 잠자리를 잡듯이 그렇게 짱뚱이를 낚아챌 수가 있을 것 같았다. 짧은 손잡이에 막대를 길게

4)눈깔 명 '눈알'의 방언(전라).
5) 폴딱폴딱 부 '팔딱팔딱'의 방언(전라).
6) 느그덜 대 '너희들'의 방언(전라).
7) ~ㄴ디 [어미] '~ㄴ데' 의 방언(전라).

묶어서 멀리 떨어져 있는 것도 가두어 잡을 수 있게 했다.

이렇게 준비를 끝내고 며칠 뒤 다시 고리포를 찾았다. 그런데 이상한 일이었다. 그 많던 짱뚱이가 보이지를 않는 것이다. '요놈들 봐라. 다 알아 부렀[8]는갑네. 내가 저승사자가 되어 나타난 것을.' 그래 어찌 느낌이 없을 것인가, 목숨 붙어 있는 것들인데….

멀리 위쪽으로 가보자. 한참을 가자 짱뚱이들과 마주쳤다. 숨을 죽이고 살금살금 접근이다. 녀석들도 슬슬 움직이기 시작한다. 좀 더 가까이 다가서자 이제는 개펄이 끝나고 바닷물과 이어지는 가장자리에 몰렸다. 조여드는 발자국 소리에 녀석들은 비상사태에 돌입했다. 움직임이 빨라지더니 바닷물로 첨벙첨벙 뛰어드는 것이 아닌가. '응, 요놈들 봐라.' 나는 포획망으로 가두어 잡는 일은 시도조차 못하고 말았다. 그렇다면 수중전을 벌이는 수밖에. 모가지를 세우고 도망치는 한 녀석을 표적으로 덮쳐보지만 물속에서는 더욱 어림없는 일이었다.

다시 개펄에서 벌이는 포획작전. 이번에는 교란 작전을 펴보자. 한 마리만을 표적으로 포획망으로 덮치며 마구 쫓았다. 빠르기도 방향 전환도 따를 수가 없다. 다급해진 녀석들이 바닷물로 뛰어드는 길목을 지키며 몰아붙였다. 황급하게 물속으로 뛰어 내려앉는 순간을 포착하여 덮친 것

---

8) -부렀다 [보조동사] '-버렸다'의 방언(전라).

이다. 어쩌다 작전에 말려들어 방향을 잃은 놈 두어 마리를 잡을 수 있었다.

벌써 해는 석양이다. '에이, 그만 두자.' 잡는 일을 포기하고 말았다. 주위에 어둠이 기어들어 물빛과 함께 있었다. 포로가 된 녀석들을 조건 없이 어둠 속에 놓아주었다. 피서를 겸한 짱뚱이 몰이에 해가 짧았다. 내가 아무런 '마음'도 내지 않았던 때, 맨손에도 짱뚱이가 잡혔다. 그러나 오늘은 이기심이 마음속에 불탔으니 녀석들도 멀리 달아나고 말았다. 미물인 짱뚱이도 내 마음을 훤히 읽고 있었을까.

물을 얼려서 그 결정체를 사진으로 찍어 물을 연구한 책 ≪물은 답을 알고 있다≫(에모토 마사루)를 보자. 물을 얼릴 때도 마음가짐이 어떠했는가에 따라 그 결정체가 달랐다. 얼리기 전에 '고맙습니다' 는 말을 했을 때는 깨끗한 육각형 결정으로 모습을 드러냈고, '망할 놈'이라고 욕설을 퍼부은 물은 결정을 나타내지 않았다. 물도 그렇거늘 하물며 살아 움직이는 동물이야 더 말할 것이 있겠는가. 마음은 파장을 이루어 상대에게 전파되는가보다. 사람의 마음은 삼라만상과 다 통하는 것인가!

붉게 타고 있는 고리포의 석양 노을에 내 마음도 물들고 있었다.

구벗께와 시미끼미

구벗께는 처음부터 나의 관심을 끌었다. 신안군 도초면 도초중 · 고등학교가 있는 나박포와 활목 사이가 구벗께다. 그러니까, 도초지서가 자리한 곳의 지명인 것이다. 구벗께에서 구(舊)는 '지난 적'을 말하며, '벗'은 '염밭에 걸어 놓고, 소금을 굽는 가마'의 뜻이다. '께'는 그믐께라 할 때는 그믐을 중심으로 그 안팎 범위로, 때를 나타낸다. 예서 말하는 구벗께의 '께'는 벗이 있는 장소로부터 가까운 범위를 나타내는 접미사가 되겠다. 한꺼번에 생각해 보면 '구벗께'는 '옛날에 소금을 굽던 장소의 부근'이란 뜻을 갖는 지명이다. 나박포에서 난말리 쪽으로 이어지는 방파제가 없었을 때는 지서(支署) 앞까지 바닷물이 찰랑댔을 것이니 지서 뒤편의 야산 비탈이 바로 소금을 굽던 터였을 것이다.

또 도초도의 지명에서 나의 관심을 끈 곳은 '끼미'가 붙은 지명들이었다. 시미끼미[시목리], 구미끼미[죽년리], 장시미끼미[죽도], 미시끼미[조진]가 그것이다. 지명마다에 붙은 '끼미'는 변형되어 '구미' 또는 '기미'라고도 발음되는 것으로 '바닷물 기슭의 후미진 구부뎅이'를 의미한다. 거친 파도를 피할 수 있는 천연 항에 붙여진 이름들이다. 해안이나 도서지방에서는 생업의 가장 중요한 도구인 배를 간수하기에 알맞은 곳이 있어야 했다. 선인들은 천연적 여건이 좋은 후미진 기슭을 찾아, 모여 살기 시작하였을 것이다.

뭍에서는 배산임수(背山臨水)를 찾았으니 산을 등지고 있어 바람을 막아 주고 물을 얻기에 편한 곳에 촌락이 이루어졌다. 지명에 메[山], 실·골[谷]이 많음을 볼 수 있다. 선인들은 자연에 순응하여 순리대로 살아온 것이다. 생활하기에 알맞은 곳을 찾아 머물면서 땅 이름도 억지가 없이 자연적으로 몸에서 배어나오는 대로 붙였던 것이다. 하찮게 생각되는 옛말 하나에서도 선인들의 예지가 번득이고, 정신세계가 담겨 있음을 알겠다.

지명 이야기가 나왔으니 좀 더 계속해 보자. 신안군 도초면 난말리는 '난끝'이라고 한다. '난끝'을 한자어로 바꾸어 난말리(蘭末里)로 부르게 되었다. 이런 운명을 지닌 지명은 전국에 헤아릴 수 없이 많다. 여기서 하나만 예로 들어 보자. 행정구역상으로는 전남 함평군 월야면 외치리 백야부락이다. 백야(百野)는 '온배미'라 불리는 마을이다. 온배미가 백야로 된 것은 '난끝'이 난말리로 된 운명과 똑같다. 알량한 한자 실력을 발휘한 행정가들의 공적(?)이다. 어떻게 그리 되었는가.

'온'은 '백(百)'의 옛말이었고 '배미'는 논의 작은 다랑이를 셀 때, 한 배미 두 배미 하고 세는 논의 단위이다. 온배미는 백 다랑이나 되는 들[野]을 가진 마을이란 뜻일 것이다.

우리 고유의 것은 귀중한 정신문화의 뿌리가 된다. '난끝', '온배미'가 자랑스럽게 불리어질 때 발전된 지역으로 성장할 것이다. 초밥을 아무리 맛있게 만든다 해도 그것은 결국 일본 음식일 수밖에 없다. 김치를 잘 담그고 된장국을 잘 끓여서 내놓아야 한국 음식을 맛보았다고 말할 것이다.

땅 이름 한 곳 한 곳마다에 서린 자연 순응과 독창적인 생활 태도를 생각해 본다. 선인들의 혼이 밴 정감어린 지명들을 하나하나 찾아내어 현대에 되살려 썼으면 좋겠다.

야, 제비 똥이다

"야, 지비[1] 똥이다."

고향집에 닿자마자 내가 지른 소리다.

'지비가 왔데…?' 반가운 마음에 한참을 들여다본다, 마루에 떨어진 하얀 분비물을. 고향집에 들를 때면 '무슨 소식이나 있다냐.' 하면서, 제비집을 보고 또 보았다. 작년부터 비어 있는 제비집에 눈을 박고, '학마을 사람들'이 학을 기다리는 심정으로 제비를 기다리는 것이다. 기다려도 기다려도 감감무소식이던 차에 왔다간 흔적을 발견하였으니 반가울 수밖에….

그런데 흔적은 남았는데, 제비는 보이지 않는다. 그렇다면 이제 마지막 떠난다는 기척이었을까? 한지붕 밑에서 살았던 끈끈한 관계를 접으려는 것인가. 뭐가 틀려도 단단히 틀린 모양이다. 저녁녘까지도 제비는 얼씬도 않았다. 제비는 아니 오고 지난 일들만 스쳐간다.

봄이면 찾아와 물가의 흙과 검불을 잘 이겨서 집을 짓곤

---

1)지비 명 '제비'의 방언(전라).

했다. 암수는 날렵한 몸짓으로 마당을 스쳐 처마 밑으로 날아들기 시작했고, 얼마 안 되어 알을 낳고 새끼를 깠다. 새끼들은 노란 부리로 '짹짹짹짹' 서로 먹이를 달라 보챘다. 먹이를 넣어준 어미는 새끼가 싼 똥을 물고 집 밖으로 날았다. 새끼는 얼마 안 있어 똥을 가리고 날갯짓을 하며 나는 연습을 하는 것이었다. 두 발로 제 집에 매달려 며칠을 퍼덕이더니 날아서 지붕위에 앉았다. 이렇게 두 배의 새끼를 치고 나면 가을이 가까웠다.

식구가 늘어난 제비는 아침 일찍 빨랫줄에서 '지지배배 지지배배' 논어를 읽기도 했다. 앉아 쉬거나 잠을 잘 때는 새끼들과 암수가 늘 알맞게 거리를 유지하고 있었다. 가을이 깊어지면 제비 가족은 모두 마을 앞 전깃줄에 모였다. 이제 또 겨울을 나기 위해 따뜻한 남쪽으로 떠날 채비를 하는 것이다. 제비 떼는 가을 하늘 높이 윤무(輪舞)를 시작했다. 날아올랐다 내려오고 다시 치솟았다가는 하강하여 비잉 들판을 돌다가 전깃줄에 앉기를 여러 번 하였다. 이런 제비의 군무를 다시 보려면 일 년을 기다려야 했다.

제비가 우리집을 외면한 것을 처음에는 '비워 둔 집이라 제비도 싫은가'보다 생각했다. 그런데 온 동네에 제비가 날지 않았다. 큰 문제가 생긴 것을 늦게야 깨달았다. 제비하고 거리를 알맞게 유지하지 못해 공생 관계가 깨진 것이었다. 더불어 살아가는 데는 일정한 거리를 유지하는 일이 중요하다. 대인관계는 물론이고 동물과 식물, 사물과 현상 사이에서도 마찬가지다. 가까워야 할 때 너무 멀거나, 멀어야 할 때 너무 가까우면 둘의 관계는 소원해 지거나 깨질 수밖에 없는 것 아니던가.

고향은 이제 제비가 외면한 땅이 되고 말 것인가. 제비가 오지 않는 땅에도 봄이 오기는 하는가. 제비의 귀소 본능은 5% 정도라는데 슬슬 제비가 물고 올 박씨에 마음이 쏠린다. 스르렁 스르렁 타는 박통은 '놀부박'이 될 테니 그 속에서 쏟아질 것들이 걱정인 것이다. 제비왕의 심판에 따라 달라질 내용물이지만 우리 인간이 잘못을 저질렀으니 벌벌 떨리는 오늘이다.

앞으로는 제비가 등장하는 노래를 부르지 못하게 하는 것은 아닐까, 흥부와 제비 이야기도 책에 싣지 못 하게 하는 게 아닐까, 연미복(燕尾服)을 입을 때는 제비왕에게 비싼 로열티를 지불하게 되지는 않을까, 제비 없는 골에 제비족만 풀어서 세상 시끄럽게 하는 것은 아닐까, 그리고 우리의 꿈을 펴지 못하게 하는 것은 아닐까…. 그러다가 끝판에는 사람이 사라져야 하는 차례가 되지 않을까. 별의별 걱정 끝에 '약방문'을 찾아본다.

벼가 한창 배동을 하고 패기 시작하던 들녘이었다. 저녁나절 농약 냄새가 코를 싸매게 했다. 농부는 어느 때부턴가 논과 밭에서 모자를 깊이 눌러 쓰고 입과 코를 가린 채 농약을 뿌려댔다. 가면을 쓴 농부가 제비 눈에는 저승사자가 분명했을 것이다. 사람은 눈앞의 욕심 때문에 거리를 두지 못하고, 제 죽을 일도 저지르고 있구나 하고, 제비는 속이 얼마나 탔을까? 독한 냄새에 곤충들을 몸부림치며 뛰어 올랐고, 제비는 그걸 나꿔챘다[2]. 이런 일들이 여기저기서 일어났다. 너와 나의 알맞은 거리는 깨어져갔다. 안개처럼 부옇게 살포된 농약에 잠깐 눈이 가렸을까, 사람이나 제비나 제정신이 아니었다.

삼월 삼짇날 왔다가 구월 중굿날 간다는 제비! 그 제비가 멸종위기를 맞은 것은 '농약'임이 판명되었다. 제비의 몸에 농약이 쌓이면 알껍질[3]이 엷어져서 새끼를 치지 못한다는 연구결과가 나온 것이다.

일이 이렇게 심각하면 자연의 순리를 따르는 제비왕은 또 어떤 결단을 내릴 것인가? 우리는 정신을 바짝 차려야 때이다. 난국 타개의 방법은 하나뿐이다. 그것은 농약을 쓰지 않겠다는 친서를 제비왕에게 먼저 보내는 일이 아닐까. 마음이 정해지자 땅속에서 하늘에서 아스라이 노랫소리가 들려온다.

'제비 앞장세우고 봄이, 봄이 와요.'

---

2)나꿔채다 동 '낚아채다'의 방언(전라).

3)알껍질 명 '알껍데기, 난각(卵殼)'의 방언(전라).

오떼

'오떼'는 손주의 애칭이다. 갓 20개월째 나는 녀석이지만 수말스러워[1] 떼를 쓰는 일이 없다. 아빠 엄마는 매일 출근을 해야 하니 유아원이 집인 셈인데도 말이다. 퇴근 무렵이면 벗었던 양말을 들고 출입문 쪽에서 엄마를 기다린다는 녀석. 안쓰럽기 그지없다. 애비가 함께 있는 날이면 일부러 찌럭찌럭[2] 건드린다. 아망스런 모습을 보려는 것이다. 오태석 이름 대신 '오떼'라 부르며….

오떼는 순하디순하게, "가지 붇둥 오이 붇둥" 잘 자라고 있었다, 하룻밤만 자고 나도 몰라보게 몸피가 불어나는 가지나 오이처럼. 요새 갓난아이들은 자라는 속도가 빠르다. '응애' 하고 고고성을 터뜨려 '나 여기 세상에 나왔소!' 하고 출생신고를 마치고는 하루가 다르게 생장의 변화를 보이는 것이다.

지난 설에는 역귀성을 했다. 오떼는 당분간 할아버지 할

---

1)수말스럽다 형 '순하고 얌전하다'의 방언(전라).

2)찌럭찌럭 부 '집적집적'의 방언(전라).

머니와 함께 있게 되었다. 핏줄이란 게 뭔지 곧 친해져서 제 세상을 만난 듯했다. 제 뜻을 받아주는 할머니와 종일 있으니 좋을 수밖에. 좋아하는 표정은 얼굴에만 나타나는 게 아니었다. 손은 연해 하늘을 찌르기도 하고, 두 발은 방바닥이 꺼져라 구르기도 했다. 때로는 제 흥에 겨워 헛웃음을 치다가, 몸을 움츠리고 손으로 제 몸을 두드리기도 하는 것이 아닌가.

"이 고망쥐…."

손주의 하는 짓에 할머니가 한 수 보태며 하는 말이다. 어느새 할머니는 '이비[3]'가 되어서 고망쥐를 쫓는다. 도망치는 손주의 뒤를 따라가, '잡았다!' 소리치며 붙들어 껴안는다. 온몸이 웃고 있는 녀석과 눈을 맞춘다. 눈은 마음의 창, 호수같이 맑고 깊다. 촉기가 흐른다. 할머니는 껴안은 손주를 흔들어 흥을 나눈다. 볼을 비벼도 보고, 손가락을 깨물어도 본다. 녀석의 방싯거리는 입모습에 장난기가 잔뜩 서렸다. 주체할 길 없는 녀석의 이 귀염성….

나는 한쪽으로 두르고 혈당을 재기로 한다. 이 고망쥐 하는 짓 좀 보자. 할아버지 옆에 쪼그리고 앉는다. 이것저것 모든 용품이 제 것이 되고 만다.

"뭐야, 이게 뭐야!"

---

3) 이비 명 감 '에비(아이들에게 무서운 가상적인 존재나 물건, 아이들에게 어떤 일을 하지 못하게 하기 위하여 무서운 것이라는 뜻으로 내는 소리)'의 방언(전라).

"응, 할아버지 혈당 제는 것이여."

측정기에 검사지를 꽂을 때 나는 소리를 '삡'하고 따라 하며 신기해하는 녀석. 나는 검사지를 뽑아 휴지에 싸서 녀석에게 건넨다.

"찌찌[4]다. 휴지통에 넣어…"

영락없이 알아듣고 출입문 쪽 휴지통에 넣는 것이 아닌가. 말은 못하지만 휑하니 알아들은 것이다. 말보다 생각이 먼저 자란 것일까? 사람의 머릿속에는 '생각의 씨'가 있다고 한다. 그 씨에서 출발하여 말하면서 생각하고, 생각하면서 말한다는 데…? 하나하나 익혀 가는 말에서는 비밀스런 창조력과 만난다.

철학자 존 로크는 "아기는 타부라 라사(tabura rasa)"라는 의견을 내세웠다. '타부라 라사'는 라틴어로 '씌어 있지 않은 석판'이라는 뜻. 아기의 운명은 유전보다 환경에 있다고 믿었을까. 아기는 내재적 초능력으로 가득 차 있는 것만 같다.

말이 아직 터지지 않아, 엄마, 아빠밖에 모르는 녀석이 할머니 앞에 다가와 '이, 이!' 하며 제 생각을 표현한다. 알아들을 수 없는 말이지만 할아버지는 "오, 우리 손주!, 뭐…." 하며 알은체를 한다. 말 이전의 어떤 느낌이 서로 오고가는 것인가.

---

4) 찌찌 명 '지지(어린아이의 말로, 더러운 것을 이르는 말)'의 방언(전라).

겨우 고개를 이기던 떡애기[5] 때부터 손과 발을 빠구대[6]며 배냇짓을 하던 녀석은 금방금방 하는 짓이 달라졌다. 뒤집기, 배밀이, 기기를 거쳐 앉고, 이제는 '섬마, 섬마, 섬마!' 감탄의 말을 따라 엄마 손을 잡고 일어서는 연습이다. 불안하게 서 있는 녀석. 위대한 직립보행을 눈앞에 두고 있다. 겨우 일어선 녀석에게 주문이 이어진다. "걷네, 걷네! 걷네에…." 응원을 받으며 한 발짝을 떼는 걸음마…. 아, 이거 지구가 휘청거린다. 이런 생장의 놀라움이 없다면 얼마나 싱거울까? 만약 태어나자마자 바로 서서 걷는다고 상상해 보자. 아기를 둔 보람은 없어지고 말 것이 아니겠는가. 아기는 경이의 덩어리. 생장의 경이감을 맛보고 있는 것이다.

이제 걷는 데 도움을 주기위해 선조들의 지혜를 빌리자. 두 손을 마주잡고 왼발, 오른발을 번갈아 떼었다 놓으며 방아를 찧는다.

"방아야, 방아야, 방아야! 이태백이 조작방아. 이 방아를 찧어다가…."

할아버지 노랫가락에 맞춰 다릿심을 돋우는 운동을 한다. 운동은 알맞게! 방아를 찧었으니 무릎에 앉히고 쉬기로 한다. 이런 때는 '쥐엄쥐엄'이나 '곤지곤지'가 좋다. 녀석의

---

5) 떡애기 명 '갓난아이'의 방언(전라).

6) 빠구대다 동 '아이가 누워 팔다리를 힘차게 움직이는 짓'을 나타내는 방언(전라).

손을 쥐어본다. 투명하고 티 한 점 없이 보송보송한 손.

"태석아! 손가락 한번 세어보자."

엄지, 검지, 중지, 무명지, 약지…. 하나 세고 눈을 맞추고, 둘 세고 마음 한 번 들여다보고…. 손가락을 만져도 본다. 봄날 고사리 애순 같이 오그린 다섯 손가락이 또렷또렷하다. 앙증스런 손톱을 달고 정답게 모여 있다.

누가 어린이를 '사람 꽃'이라 했던가. 꽃 중의 꽃 '사람 꽃'인 손주와 감정을 주고받고, 말 없는 대화를 나눈 것이 지난 설 때였다.

"뭐야, 이게 뭐야!"

오떼의 모습이 유난히 아른거리는 오월의 아침이다.

항꾸네 갑시다

"성님[1]이요, 오늘 시립박물관에 항꾸네[2] 갑시다."

"오! 오선생. 나 시방 여그[3] 고창이여…."

임도 보고 뽕도 따듯이, 지난번에 빌려온 '국어어원사전'도 돌려드릴 겸, 함께 가려고 했던 것이다.

정월 대보름을 맞아 광주어린이대공원에서는 여러 가지 민속 행사가 열린다. 나는 처음부터 시립박물관에서 열리는 '아름다운 전라도 말 자랑대회'에 관심이 쏠렸다.

오후 2시. 심사위원 세 분이 자리에 앉아마자, '말바우아짐'[4]의 사회로 대회는 시작되었다.

"잉. 그려! 잘 헌다, 잘 혀."

식전행사의 상쇠에게 칭찬부터 해쌓는다. 그러고도 본론은 뒤로 두고, 분위기를 띄우려고 퀴즈부터 풀고 있다.

"양끗[5]도 아닌 문제여. 정답은 모두가 우리말이여!"

---

1) 성 명 '형'의 방원(전라).

2) 항꾸네 부 '함께'의 방원(전라).

3) 여그 대 '여기'의 방원(전라).

4) 아짐 명 '아주머니'의 방원(전라).

귀띔을 해주면서 문제를 푸는 것이다. 사회자의 말마따나 정답은 '뽀짝[6], 포도시[7], 항꾸네' 뭐 이런 방언들이다.

이윽고, 참가자가 소개 된다. 개인보다는 몇 사람씩 짠 조(組)가 많았으며, 초등학생부터 7학년 8반 늙은이까지 연령층도 다양했다. 이들의 발표가 끝날 때마다,

"거북이와 퇴깽이[8] 야그[야:그][9]네. 오메! 우리 방언 참 찰지고 오지다[10]."

이런 식으로 관중의 뜨거운 반응을 기대하는 사회자. 나는 그럴 때마다 고개를 끄덕여 추임새를 넣었다.

"찌리찌리[11] 모였응께 알아묵제[12]당최 쬐끔[13] 그렇등만."

억지로 꿰맞춘 방언투성이의 원고를 가지고, 연습도 부족하여 더듬거리는 발표를 이끌어 가면서 하는 말이다. 이런 식으로 열두 번의 발표가 모두 끝났다.

곧이어 심사평을 듣는다. 방언사용의 다양성, 전체적인

5)양껏 명 '아무 것'의 방언(전라).
6)뽀짝 부 '빠작'의 방언(전라).
7)포도시 부 '겨우, 빠듯이, 간신히'의 방언(전라).
8)퇴깽이 명 '토끼'의 방언(전라).
9)야그 명 '이야기'의 방언(전라).
10)오지다 형 '오달지다'의 방언(전라).
11)찌리찌리 부 '끼리끼리'의 방언(전라).
12)알아묵다 동 '알아먹다(알아듣다, 알아보다)'의 방언(전라).
13)쬐끔 부 '조금'의 방언(전라).

억양의 적합성, 방언의 품위, 재미있는 구성에 초점을 두고 심사를 하였다는 것이다. 대회의 성격과 나아갈 방향을 짐작해 보고 있는 사이, 시상식이 진행된다. 상의 종류도 방언식이다. 제일 먼저 '배꼽뺀상'을 시작으로 '어찌끄나[14] 상', '영판오진상[15]'이 이어지고, 끝으로 최고상인 '질로[16] 좋은상'이 주어졌다.

나는 처음부터 발표 원고들을 종합한 소책자를 보고 싶었다. 새로운 '방언'들이 눈을 부릅뜨고 내게로 달려올 것 같아서다. 그런데 기대가 무너지고 말았다. 작은 책자라도 있어야 기록으로도 남고, 발표자나 주최 측의 책임감도 더 생기고, 예심을 거치면서 본 대회의 성격에 맞지 않은 원고를 계도할 수도 있었을 텐 데 말이다.

서운한 것은 이뿐이 아니다. 우리 방언의 발전 방향을 제시하는 원고가 눈에 띄지 않았고, 방언을 발굴·보존하고, 승화시키는 데 공을 들인 발표자도 없었다. 방언 중에 어감도 좋고 어의도 풍부한 단어들을 찾아내어 갈고 다듬어야 하겠는데 말이다.

지체하다의 뜻을 가진 '칭그리다', 긴가민가하다는 뜻을 가진 '알무정하다', 애가타고 안타깝다의 뜻을 내포한 '애도롭다' 천천히의 뜻으로 쓰이는 '서너서나'나 '싸목싸목'

---

14) 어쩌그나 갑 '어쩌나'의 방언(전라).

15) 영판 뷔 '아주, 매우'의 방언(전라).

16) 질로 뷔 '제일로'의 방언(전라).

등…. 이런 방언들을 나는 좋아한다. 표준어만으로는 불가능한 표현을 보충하여 우리말을 풍성하게 할 수 있기 때문이다. 익살스럽거나 해학이 담긴 욕을 양념으로 쓰는 것은 몰라도, 섬뜩하고, 품위를 잃은 욕설은 예심에서 정리했으면 좋았을 것을. 욕설의 순화 문제는 전라 방언이 극복해야 할 큰 과제의 하나다.

방언을 들여다보고 있으면 혼자 웃음을 흘릴 때가 있다.

"예말이요/ 말 쬐께 물읍시다/ 지죽구방송이 어디다요." ≪최인순, 집 찾기≫

여기 길을 묻는 할머니의 말, '지죽구방송'은 어딜까? 그런 방송국은 세상 어디에도 없다. 그러나 전라도 중년 아줌마는 얼른 알아듣고,

"야, 쭉[17] 가먼[18], 모탱이[19]에 있어라우, 쩌그[20]라우."

하면서 '기독교방송국'을 손가락질 하는 것이다. 참으로 언어 감각이 뛰어난 분들이다.

전라 방언의 두드러진 특징의 하나는 유성음으로 변형시킨 낱말들이 많다는 것이다. 방언의 색깔이 뚜렷한 '-당께'를 보자. '간당께, 온당께'는 '간다니까, 온다니까'의 뜻인데 유성음을 살려 내고 있지 않은가. 또 '알로(아래로)', '달

17)야 감 '예'의 방언(전라).

18)쭉 부 '곧장, 계속해서'의 방언(전라).

19)모탱이 명 '모퉁이'의 방언(전라).

20)쩌그 부 '저기'의 방언(전라).

룽개(달래)', '배랑박(바람벽)', '대맹(담양)', '앙거(앉아)' 등도 유성음화와 관계되면서 복잡한 음운 현상을 겪고 난 뒤에 쉬운 발음을 택하고 있음을 본다. 여기서도 나는 상상을 초월하는 언어 감각을 만난다.

혀의 움직임을 최소화하려는 특징을 보인다. 구개음화된 방언, '형님>성님'이 그 대표적인 예가 되겠다. 또 준말이나 축약 현상이 두드러지기도 한다. '어머니>엄니, 그리고>글고, 일어나>인나…. 이런 조어 방식들이다. 이런 현상을 두고 언어학자들은 '언어 경제' 운운하기도 하는 것 같다.

이러한 특징들을 작품에 잘 살려 내어 시어(詩語)로 승화시키는 일은 향토작가들의 몫이 되겠다. 고산, 송강, 영랑과 용아 등의 산맥을 이어 문학 분야에서 위대한 힘을 발휘할 것을 기대해 본다. 노력 여하에 따라 우리 방언이 문학어로 새롭게 태어날 수도 있겠다는 생각을 다져보는 것이다.

방언에 귀기울이다보니 얼핏 스치는 또 하나의 생각. '언어 주권'의 문제다. 전라방언에서 실제로 많이 쓰이고 있는 낱말들이 요즘 새로 나온 국어사전에 보면 '북한어'라고만 실려 있는 것을 본다. 눈에 띄는 몇 단어를 보자. 명사에 '드림자락, 미나리깡', 동사에 '감아치다, 도달거리다, 쏟치다', 형용사에 '꺼슬하다, 드글거리다, 하잔하다', 부사에 '자박자박' 등…. 이것은 어찌 보면 언어주권의 포기라 할 수 있다. 통일 한국의 언어생활을 대비하는 면에서도 전국

적으로 방언 연구가 이루어지면 좋겠다.

나는 '사투리'라는 단어 대신에 '방언'이란 말을 쓰기를 좋아 한다. '사투리'의 어감에는 표준말보다 못한 말이란 느낌이 들어 있기 때문이다. 사실 국어사전에 실려 있는 방언은 '무엇'의 잘못이라 풀이되어 있는 게 많다. 어디 언어 문화에 옳고 그른 것이 있겠는가? 방언은 표준어의 부족한 부분을 채울 수 있는 언어의 노천탄광. 상보적인 관계를 넓혀서 보석 같은 어휘를 캐야 할 것이다.

지금 같은 다양화 시대에서 방언은 경쟁력이 될 수도 있다. 여러 지역의 특색 있는 방언을 널리 받아들여 어휘를 풍부하게 늘리고 방언의 중요성도 '개성'의 측면으로 존중하면 국민화합도 이루어질 것이고, 사상 감정도 풍부해져서 풍성한 의사소통이 이루어질 것이 아닌가. 경직된 표준어 정책으로 국민들의 사고를 획일화, 단순화 시키는 일은 이제 이쯤에서 끝내야 한다. 표준어 정책의 보완이 필요한 까닭이다.

그리고 최소한 고유방언은 국어사전에 올려야 하겠다. '논바닥에 방을 놓듯 구들장을 깔고, 그 위에 흙을 덮어 물을 새지 않게 만든 후 농사를 짓는 논'을 일컫는 '구들장논' 같은 방언 말이다.

'아름다운 전라도 말 자랑대회'는 끝이 났지만 향토 작가에게 주어진 과제가 이명(耳鳴)처럼 들리기 시작한다. 창에는 달집이 타느라 빨건 불기둥이 너훌거리고….

애쑥

들길로 접어들자 밭두렁의 애쑥이 방싯거리며 말을 걸어온다. 언제 봐도 살갑게 다가오는 쑥. 한곳에 뿌리를 내리고 함께 모여 사는 모습이 농경사회를 생각나게 한다.

나들이 나온 애쑥 잎에는 방울방울 우주가 맺혔다. 잎의 뒷면에 붙은 자잘한 흰털의 약효까지 비춰주는 신비로운 세계였다. 애쑥은 '나는 식용이오.' 말하고는 부끄러운지 작은 입을 보르르 떤다. 봄이 지나면 또 '나는 이제 약용이오' 아뢸 순진성에 고개를 연신 끄덕였다.

새터도 가리지 않고 강인한 생명력으로 쑥쑥 자라 집안을 넓혀가는 모습이 여간 미덥지 않다. 오늘도 마른 풀섶에서 봄 햇살을 받으며 제들끼리 오손도손 봄나들이 나온 양이 부럽기도 하다.

사람보다 먼저 살았던 신화 속의 식물. 단군신화에 나오는 그 쑥이다. 쑥은 보릿고개를 넘겨주었고, 전쟁 통에는 사람을 살려낸 구황식물이었다. 불타버린 학교터에서도 허물어진 집터에서도 쑥쑥 자라 우리를 살려냈던 쑥을 생각하면 어머니 생각이 앞선다.

논농사를 지을 때였다. 어머니는 서울로 무작정 떠난 당질을 늘 걱정하셨다. 시골에서 서울 간 사람과 나눠 먹을 거라고는 농사지은 쌀뿐. 식구 식량도 모자란 쌀을 퍼내서 부치기란 쉽지 않은 일이었다. '벌이도 없이 얼마나 고단할 그나.' 지금처럼 택배도 없던 때 이고지고 힘겹게 부치고 하신 말씀이었다.

어머니의 어머니는 웅녀. 이 땅의 모든 어머니들이시다. 참고 견디며 만리장성보다 길고 험한 보릿고개를 넘을 수 있었던 것은 어머니들의 심성의 덕이었다. 지금이야 맛맛으로 먹는 쑥버무리·쑥전·쑥떡·쑥국에서도 고마움을 느낀다. 그뿐이 아니다. 쑥차·쑥즙·쑥뜸, 그리고 여름이면 모깃불 쑥까지…. 인간을 이롭게 하는 데 으뜸이 아니겠냐고 애쑥의 얘기는 자분자분 끝이 없다. 거창하게 홍익인간을 말하지도 않는다. 삶의 터전에서 다른 봄나물들과 어울려 자라는 것을 내세우는 애쑥이다. 해동이 덜 된 밭의 냉이도, 쑥부쟁이와 씀바귀도 애쑥과 어울려 입맛을 돋우는 나물들이다.

봄나물들은 겨울을 이겨내고 향을 머금고 봄을 맞는 사연들을 들려주곤 했다. 쑥국은 말갛게 끓여야 향도 맑다. 냉이국은 봄 미각의 첫손으로 꼽는데, 뿌리도 함께 넣어야 참다운 맛이 우러난다고 귀띔이다. 언 땅에 닿아서 시래기가 다 된 전닢[1]도 데치면 엽록소가 살아나 파랗다. 쑥부쟁이는 향이 옅고 담백한 맛을 자랑하고, 씀바귀는 너무 쓰다. 함께 섞어 무쳐내야 잘 맞는 음식 궁합이 된다. 봄나물들도 함께 살아가는 이웃사촌. 제각각 향으로 끈질긴 생명력을 자랑한다.

나는 어떤 향으로 수많은 봄을 맞았을까. 애쑥은 어머니 마음으로 새봄만 맞으라 하는 것 같다. 사람들은 타성바지 없이 자작일촌으로 모여 살아도 티격태격 살아가기 일쑤가 아니던가. 이웃과 의좋게 살려면 애쑥 같은 가녀린 마음의 배려가 따라야 하는가. 쑥처럼 의좋게 이웃과 살아가는 것도 여간 다행한 일이 아닐 수 없다.

봄비 오는 날 하늘은 야트막하게 내려앉아 큰 우산이 된다. 우산에는 '두둑 두둑' 빗방울이 흐르고, 나는 밭두렁에서 애쑥 같은 여인을 생각한다. 어머니가 '응, 나다.' 하시며 오시는 게 아닌가.

1) 전닢 명 '채소 따위의 엽록소가 노랗게 변해가는 오래된 겉잎'을 이르는 방언(전라).

눈[雪]

밖은 온통 눈: 세상. 하늘과 땅이 하얗게 한 빛입니다. 대한 추위가 몰고 온 눈:이 연이틀째 내립니다.

폴폴 내리는 싸락눈이지만 발목을 덮은 지는 이미 오랩니다. 주차장의 차들이 모두 두꺼운 솜이불 한 채씩을 이고 있습니다. 담장도 어느새 키가 두어 뼘은 커졌습니다. 귀목나무도 흰 두루마기를 걸친 걸 보면 길손이 되어 어디 먼 길을 떠날 것도 같습니다. 이른 아침이 움직임이 멎은 오밤중 같습니다. 새 한 마리 날지 않습니다. 길모퉁이 대나무 잎에서 푸르르 한 닢 눈을 굴리며 고요를 깹니다, 도회에 찾아든 모처럼의 고요를….

소나무 푸른 가지도 하얗습니다. '천지가 하얘지는데 홀로 청청할 수 있나' 슬며시 양보하는 아량이 여유롭습니다. 구부정한 허리에 미소를 잔뜩 머금은 얼굴이 꿈속에서 만난 신선같습니다. 소나무는 어느새 선계(仙界)의 나무가 되어 있습니다. 아니, 이미 눈: 세상은 선경이 되어버렸습니다.

이런 아침에는 주차장의 차들은 분패치[1]는 하늘을 달리게 됩니다. 먼 산들도 눈보라 속을 날기 시작합니다. 산의 나무들은 눈을 안은 채 그대로 얼어붙은 모양입니다. 산등성과 산등성마루가 이어지는가 하면, 그린 듯이 각을 세우고 피라미드처럼 다가오기도 합니다. 산봉우리는 둥글고 먼 산들은 이어져 첩첩이 눈보라 속의 산뿐입니다.

광주송정역을 출발하여 산 속을 달리다가 김제역쯤에선 탁 트인 들녘에서 숨을 고릅니다. 들녘을 달리는 하얀 마음은 서울역과 평양역도 지나고 만주와 시베리아를 거쳐 북구의 설국으로 향합니다. 눈: 세상 속을 나는[飛] 상상 여행은 어디서 끝날지 모르겠습니다.

며칠이고 퍼부을 것만 같던 희부연 하늘이 밝아옵니다. 따스한 햇살이 쌓인 눈: 위에 앉았습니다. 금세 자동차 전용 도로가 살아납니다. 차들이 비비 왕래하며 서로 말들을 건넵니다. 도로변 가로수도 정신을 차려 제 할 일을 찾느라 분주합니다. 계절 따라 잎사귀의 빛깔로 우리와 대화하던 가로수. 잎을 떨구고 허전하던 터에 가지마다 하얀 눈꽃을 피워냈습니다. 무심히 지나치는 우리에겐 가로수는 나란히 서 있는 나무일뿐인 것 같습니다. '그렇게 모개로 생각해버리는 것은 사람들의 타성이지….' 가로수들이 한 마디씩 거들고 나섭니다.

'그래 그럴 수도 있지!' 생각을 바꾸어 나무에 앉아있는

---

1)분패치다 동 '눈보라 치다'의 방언(전라)

눈: 들에게 마음을 내어 봅니다. 눈: 들이 알았다는 듯이 말합니다, 가로수도 그루마다 바깥 환경에 대처하는 방식이 다 다르다고. 만물은 지금 제 자리에서 최적의 자기 모습을 지어간다고. 언제나 지금의 모습이 가장 자기의 참 모습이라고. 세상과의 관계를 총체적으로 나타내는 종합예술이라고. 나무들도 사람과 같이 얼굴로 존재를 나타낸다고….

눈: 은 이렇게 한바탕 만물을 또 다른 형상으로 만들어 놓고 우리를 일깨웁니다.

입동 무렵

입동 무렵에 나는 고향집에 있었다.

햇살이 가득한 마루에 앉아 만추의 한때를 보냈다. 가을은 꼬리를 감추려는 듯 문틈으로 햇살이 방안을 빼끔히 들여다보고 있는 것이다. 아랫목 참을 하려는 듯 말이다. 이런 햇볕을 오부레기[1] 한 몸에 받고 있으니 어머니 품 안 같이 아늑하다.

곧이어 누이 셋이서 부부동반으로 도착한다.

"나, 일요일에 시골집에 가네."

고향집에 가겠다는 오빠의 말에 너도나도 나선 것이다. 고향집이라 해도 가끔 들러 텃밭에 씨를 넣거나 쉬어가는 것이 고작이다. 아버지께서는 천수를 다하고 어머니 먼저 가시고, 혼자 집을 지키던 어머니마저 아흔을 눈앞에 두고는 영면에 드신 지 오래다.

아무도 살지 않는 비어 있는 집이다.

바람이 지나다 들리고, 햇살도 노닐다 가는 집. 큰방과

---

1)오부레기 뿌 '고스란히'의 뜻으로 쓰이는 방언(전라).

사랑방에도, 부엌과 장꽝[2)]에도, 헛청[3)]과 마당에도…. 그러기는 마찬가지다. 형제들도 이들과 다르지 않아 '비어 있는 고향집'에 오늘 잠깐 들른 것이다. 고향집은 말이 없지만 이런 햇살 좋은 날에는 울떡울떡[4)] 고향생각이 나는 것은 유년시절이 그립게 떠오르는 때문일까.

낮밥은 함께 지어 먹기로 한다.

어머니 쓰시던 세간은 모두 그대로 남아 있으니 밥을 지어 먹는 것이야 아무 일도 아니다. 밥을 안치고는 반찬 준비다. 울타리 밑에서 똘갓[5)] 잎을 솎는다. 유별났던 늦더위에 다시 돋은 머웃[6)]잎도 뜯고, 철 잃은 냉이도 캐고, 남사밭[7)] 귀영지[8)]에서 달룽개[9)]도 몇 뿌리 캐온다. 서리에 놀라 골붉은 풋고추도 주섬주섬 바가지에 담아오고…. 텃밭과 주위에서 가져온 것들이다. 된장과 고추장을 담아왔으니 쌈을 할 수 있는 채비는 끝났다.

반찬을 만들고 상을 보는 사이에 밥솥은 '푸우푸우!' 김을 내뿜고 있다. 밥 익는 내음이 집안 가득 퍼진다. 꼭 어머니가

---

2) 장꽝[장:꽝] 명 '장독대'의 방언(전라).

3) 헛청 명 '헛간'의 방언(전라).

4) 울떡울떡 부 '울뚝울뚝'의 방언(전라).

5) 똘 접 '돌(품질이 떨어지는' 또는 '야생으로 자라는'의 뜻을 더하는 접두사)'의 방언(전라).

6) 머우 명 '머위'의 방언(전라).

7) 남사밭 명 '채소밭'의 방언(전라).

8) 귀영지 명 '귀퉁이'의 방언(전라).

9) 달룽개 명 '달래'의 방언(전라).

부엌에서 밥을 재질[10] 때 맡아보던 추억의 밥 내음이다. 오랜만에 비어 있던 집이 사람 사는 것 같이 시끌짝하다[11]. 너도나도 한 마디씩 지난 시절을 떠올린다. 말 한 마디에 웃음 한 보따리씩 따라 나온다. 햇살에 볼그작해진 얼굴들이 서로 보며 웃고 또 웃는다. 가을 햇살도 함께 웃어주는 밥때이다.

일부는 쌈을 하고, 일부는 버무려, 양푼에 쏟아 부은 뜨끈한 밥으로 비빔밥을 만든다. 다순 밥에 무채지도 얹어 너도 나도 한 술씩 나눠 뜨는 비빔밥 맛이라니…. 산해진미를 차린들 이 맛을 따를까. 눈물을 질금질금 짜면서 매운 똘갓의 맛을 즐긴다. 오감이 풍성하다. 이런 가을 미각을 즐기는 이, 요새는 그리 많지 않다.

늦은 점심이어서만은 아니다. 땀 흘리고 텃밭을 일구었던 덕이요, 소풍 나온 점심이기 때문이다. 밥태기[12] 몇 알 마룻장에 흘려도 상관없는 식구끼리 잠깐 예도 갖출 것 없는 한 끼이기 때문인가 보다.

집안 잔치에는 손이 있기 마련이다.

귀한 손으로 고양이 두 마리가 '야옹, 야옹' 실눈을 뜨고 인사를 왔다. '너도 한술 나눠야지' 외양간 부엌 바라지[13]

---

10) 재지다 동 (밥을 지을 때 한소끔 끓은 뒤에 한참 있다가 마지막 남은 물기를 '잦아들게 하다'의 방언(전라).

11) 시끌짝하다 형 '시끌시끌하다'의 뜻과 같이 쓰이는 방언(전라).

12) 밥태기 명 '밥알'의 방언(전라).

13) 바라지 명 '널빤지로 짠 문'의 방언(전라).

곁에다 별도로 요구[14]를 하도록 한다. 얍시랑한[15] 입술로 밥그덩[16]을 핥아대는 고양이의 '호동그란' 눈과 마주친다. 배가 부른지 고양이의 하품이 늘어지는 입동 무렵 한낮이다. 아랫집 고양이, '야옹 야옹'하고 밥을 시키고 갔던 고양이다. '호동그란'이란 시어 하나에 '고월(古月)은 고양이의 시인인가.' 생각도 들고, 내가 고향집에 들를 때마다 '야옹' 하고 인사 오는 고양이. 그때마다 고월이 떠오른다.

가을에는 안으로 숙어가는 생명력을 본다.

모처럼 열어젖힌 큰방에는 누런 호박이 살을 맞대고 단맛을 속으로 숙성시킨다, 어머니처럼 방을 지키면서. 토방을 지키던 결명자 씨는 햇볕에 윤이 반지르르 흐른다. 반짝반짝 빛나는 가을의 대낮이다. 양광(陽光)이 호수처럼 쌓인 마루에 동기간들 소풍 나온 점심시간인 셈이다. '이런 점심을 몇 번이나 더 나눌 수 있을까?'

호사가들은 내려 쌓인 눈을 보러 호수를 찾기도 했다. 큰 눈을 보려고 호심정(湖心亭)을 찾은 것은 장대(張岱)였고, '달이 하도 밝기에….' 하며 이웃 마을을 간 이는 치옹(痴翁)이 아니었던가. 모두 운치 있는 생활이다. 입동 무렵, 나는 퇴락한 고향집 말래[17]에 앉아 가을 햇살과 함께 있다.

---

14)요구 명 '요기(療飢)'의 방언(전라).

15)얍시랑하다 형 '얄브스름하다'의 방언(전라).

16)밥그덩 명 (주로 짐승에게 주는) '밥그릇'의 방언(전라).

17)말래 명 '마루'의 방언(전라). '물래'라고도 한다.

인연(因緣) 짓기

태풍 '노루'가 북상한다는 예보다. 내 머릿속은 온통 태풍으로 차고 만다. 섬 학교에 근무하던 때, 발령이 나고도 며칠째 부임을 못하게 했던 태풍이 떠오른 것이다.

그때 창밖에는 장대비와 우연(雨煙)뿐이었다. 운동장을 벌써 호수가 되어 물방울들의 놀이터가 되었고, 우연은 부옇게 천지를 점령하고 있었다. 교무실 유리창은 빗방울들이 투신하는 비명 소리로 시끄러웠고, 창문은 통째 덜거덕 덜거덕, 살려 달라 애원하고 있었다. 그러나 태풍은 '꼼짝 말라'며 제 갈 길만 가고 있었다. 그때는 비바람[風雨]를 다스리는 신과 친하면 얼마나 좋을까, 부질없는 생각을 해보기도 했다.

선생님들과 싸가지고 온 도시락을 펼쳐놓고 교무실에서 빙 둘러앉아 점심을 먹고 있을 때였다. 교무실 전화가 울렸다. 바깥소식은 오직 저 전화를 타고 오는 것들뿐이어서 누구나 무심치 않았다.

"오 선생님 전화 왔어요."

사환 아가씨의 말이다.

"어디서…?"

교육청이라며 수화기를 건네준다.

"여보세요. 네, 네에, 네, 알았습니다."

나는 연해 대답만 하고서 통화는 끝이 났다. '여기 온 지 겨우 일 년 남짓인데 또 짐을 싸야겠구나! 한 삼 년은 있으려 했는데, 세상에 뜻대로 되는 일이 없다니까….' 전화를 받는 순간 내 마음을 스쳐가는 생각들이었다.

"오 선생님, 발령 났지요."

자리에 앉자마자 함께 점심을 먹던 선생님 한 분의 말씀이었다. 내 표정에서 통화 내용을 훤히 읽어버린 모양이었다. 담박[1]에 속마음까지 알아버린 선생님의 빠른 회전이 놀라웠다. 마음 하나 어쩌지 못하고 그대로 표정에 나타내버린 나는 어리벙벙한 촌닭이었다.

"태풍이 소멸되는 대로 서둘러 부임하겠습니다."

임지 학교에 전화를 했다. 근데 전화를 끊는 뒷맛이 어째 땡감을 깨문 맛 같았다. 그러나저러나 광주에 가면 짐을 넣을 방이나 있는가. 학교 부근 복덕방에 전화를 넣었다. 집을 얻어 볼 요량이었다. 마치 신붓감을 선도 안 보고, 혼인날을 받은 거나 마찬가지였다. 그러나 이러고저러고 할 형편이 못 되는 걸 어떻게 하겠는가. 방이 하나 있다니 계약을 서둘렀다. 단독주택 2층이란다. 계약이 끝나자, 날이 들

1) 담박 명 '단박(그 자리에서 바로를 이르는 말)'의 방언(전라).

기만을 기다렸다.

이틀이 지나자 비바람이 머춤했다. 배는 출항을 서둘렀고, 식구들과 광주에는 도착했다. 한시라도 빨리 부임을 해야 한다는 생각에 걸음을 재촉했다. 짐을 내리지도 않고 착임신고부터 했던 것이다. 학교는 학교대로 발령 난 지가 언젠데…, 하는 눈치였다. 말끝이란 게 참 묘한 것이어서 개살구 먹은 뒷맛이었다. 이왕 늦은 것이니 저녁에 웃어른을 찾아뵙고 내일 아침에 부임할 걸 그랬나 싶었다.

어떻든 이사를 마치고 정상 출근을 하게 되었다. 여유가 좀 생기자 삶의 근거지를 옮기는 것만이 이사가 아니라는 생각이 들었다. 부모님 돌아가신 지 이미 오래다. 아버지는 고향 마을에서 태어나서 고향에서만 천수를 다하셨다. 어머니는 잔둥[2)]하나를 넘어 시집 와 새집을 짓고, 거기서 한 세기 가까이 살다가 돌아가셨다. 그런가 하면 손주들이 내 품에 찾아와서 잘 적응하고 자라서 학교에 들어갔다. 큰 손주는 금년 봄 중학생이 되었고, 손녀는 5학년 진급을 했으며, 작은아들 손주도 초등학교에 입학하여 새롭게 인연들을 지어가며 좋아하고 있다.

이 모두가 하나의 이사(移徙)였다는 생각을 해 본다. 이사라는 게 무슨 뜻을 담고 있을까? 사는 곳을 다른 데로 옮기는 것만이 이사이겠는가. 우리는 어디서 이 지구상에 이

---

2) 잔둥 명 '고개'의 방언(전라).

사 와 살다가 또 어디로 이사를 떠나는 것은 아닐는지. 식물도 이사를 한다는 엉뚱한 생각도 해 본다. 뿌리가 지심으로도, 사방으로도 뻗어나가는 것이 이사요, 몸통이 나이테를 불리며 아람드리로[3] 자라고, 하늘을 찌르게 높이 솟는 것도 이사가 아닐까.

삶이란 너와 내가 자연에 순응하며 새로운 인연을 지어 가는 일이 아니겠는가 하며, 인(因)과 연(緣)으로 얽힌 세상사를 생각해 보는 것이다. 사는 것 자체가 이사란 생각이 들기도 한다. 이사로 지어진 너와 나의 새로운 인연들이 쌓인 것, 그것이 현재의 내 모습이 아닐는지….

이런 때—아직 덜 우러난 장물을 쏟아버리고 메주덩이만 건져 짐을 싸던 때, 이사한 날 저녁 연탄가스가 부옇게 새어들어 3형제를 데리고 무사히 귀향할 수 있을 것인가, 걱정으로 밤을 새우던 때, 꽉[4] 믿었던 발령이 나지 않아 쌌던 이불보따리를 다시 풀던 때, 타관에서 오해를 받으며 텃세를 당하던 때—는 이사 없이 살면 얼마나 좋을까 하는 생각도 했다. 그러나 긴긴 인생길에서 오고 가는 일이 없으면 성장의 새 뿌리가 허옇게 뻗어나는 모습은 어디서 본다는 말인가. 튼실하게 뿌리를 내리고, 윤기 자르르 흐르는 잎은 삶의 활력소가 아니던가.

---

3) 아람드리 명 '아름드리'의 방언(전라).

4) 꽉 부 '꼭'의 방언(전남).

새로운 얼굴들과 새로운 사물들과 새 인연을 짓는 일은 얼마나 황홀한 일인가. 태풍의 눈에서 환웅이 거느린 풍백(風伯)과 우사(雨師)를 만났다. 태극선을 든 풍백, 식물의 파란 잎을 든 우사를 새롭게 만난 것이다. 두 분이 내 상상의 눈에는 태풍의 신이 되어 도폿자락 휘날리며 대한해협에 나타나오고 있었다.

이사는 새로운 인연 짓기라는 생각을 지그시 다지며, 저녁에도 태풍 '노루'에 대한 예보를 듣고 있다.

chapter 3

눈 오시는 밤이면

눈 오시는 밤이면

자정이 가까워 일기를 쓰려다가 창문을 열었다. 저녁 때 설의(雪意)에 차 있던 하늘에서 함박눈이 내리기 때문이다. 눈은 가로등 불빛에 은빛으로 소복소복 쌓이고 있었다.

대지에 내리어 잠시 여수(旅愁)를 달래려는 하늘의 귀빈인 백설. 대체, 저 백설이 품은 속뜻은 어디에 있으며 무슨 조화로 온 세상을 한빛으로 만드는 것일까. 더없이 순결한 백설, 나는 잠시 그 세계에서 번뇌를 벗어난 어린애가 된다. 백설의 축복을 받는 한때이다.

겨울엔 눈 내리는 날이 제격이요, 그중에도 함박눈이 내려야 겨울 맛이 풍성하다. 풍성한 겨울 맛을 찾다보니 초등학교 때의 등굣길이 생각난다.

초등학교 때는 재를 넘어 학교에 다녔다. 간밤에 내린 눈이 등굣길을 덮어 버린 아침이면 신천지를 개척하는 탐험가의 용기를 지녀야 앞장을 설 수 있었다. 오솔길은 밤 내내 휘몰아쳐 쌓인 눈으로 흔적도 찾을 수 없고 산새 발자국 하나 나지 않았다. 책보자기를 허리춤에 질근 둘러매고 나는 언덕배기에 몇 길씩 몰아놓은 눈 속을 빠져나갔다. 이럴 때면 고무신은 벗겨져 간데없고 바짓가랑이 끝엔 고드름이 주렁주렁 열렸다.

지금 생각해 보면 그 시절의 겨울은 참으로 맵고 길었다. 세수한 어린 손이 문고리를 잡으면 짠닥 들어붙어 놀라지 않았던가. 으레 아침상에선 반찬 그릇이 미끄러지곤 했다. 밤이면 북풍에 문풍지 우엉 울고 배석자리는 뒷문에서 병풍이 되었다. 이런 겨울을 화롯불 하나로 녹이기는 힘이 겨울 수밖에….

그러나 함박눈은 이 모든 것을 잘 감싸 준 겨울의 천사였다. 요새는 어디 그런 강추위와 강설(降雪)이 있기나 하는가. 오늘밤의 이 눈이 아니었다면 이 겨울도 싱겁게 끝나고 말았을 것이다. 함박눈이 수북수북 쌓이고 있으니 내일 아침 출근길이 즐거우리라는 생각이 든다.

빨간 머플러를 두른 멋쟁이 아가씨의 종종걸음을 대하는 것만으로도 이 겨울이 얼마나 운치 있겠는가! 또, 내 앞에서 '엄마야!' 하는 외마디 소리와 함께 미끄러진 여인을 부축해 주면 얼마나 여유 있는 남성이 되겠는가. 다음 순간 내가 벌렁 넘어지면 아픈 엉덩이의 눈을 툭툭 털며 허허 웃고 일어설 것이다. 순전히 출근길을 즐겁게 하는 구경거리가 되어도 좋다. 주위를 의식하며 얼굴이 붉어오는 것으로 건강한 정상인임을 확인하는 기회도 될 것이니 말이다.

그런데 한 구석에선 함박눈 내리는 밤에 어인 일로 괜한 심통이 이는지 모르겠다. 바람 불어 눈을 몰아붙이고, 기온 내려 한껏 겨울 맛을 내어 달라는 엉뚱한 바람이다. 교통이 좀 막히고, 학교가 좀 쉰다는 소동이 벌어지더라도 겨울다운 날씨가 한 이틀만 계속되었으면 좋겠다.

어떻든 나는 내일, 아직 어둑어둑할 때에 아침 운동을 나갈 것이다. 밖에 나서면 몇 그루 앙상한 나목과 멋쩍게 어울린 도회의 표정 잃은 아파트가 살아 숨쉬는 동화 속의 저택으로 변한 설경이 꿈만 같을 것이다. 옆에는 피곤에 지친 채 한데서 잠이 든 차들이 눈에 덮여 하얄 것이다. 그러면 행선지가 바뀌어 지상에서 천상을 왕래하게 되리라.

"천국행"

눈 내리는 밤이면 나는 잠시 이 차의 승객이 된다. 연기한 점 없이 초고속으로 하늘을 날을 것이다. 안테나로는 눈덮인 남극 어디쯤에서 신나게 지절대는 펭귄들의 신비스런 얘기를 연해 수신하며 천국으로 가리라.

이러한 때면 함박눈은 할아버지의 허연 수염에도 생활의 흡족한 기운을 돌게 한다. 아파트 살림이 시작되면서 암만 가야 마당 한번 쓸 길 없던 할아버지는 눈을 쓸어 손자의 등굣길을 내주는 보람에 차리라. 빗자루를 통해 대지가 받은 하늘의 축복이 파문(波紋)처럼 전신에 퍼질 것이다. 모처럼 잔잔한 삶의 희열로 아침일이 힘 드는 줄 모르신다. 할아버지의 어젯밤 잠이 그리 달고 꿈이 좋았던 것은 정녕 함박눈의 혜택이었으리라.

함박눈이 내리면 도회의 거리엔 사랑이 넘친다. 외투 깃을 세운 연인들이 팔짱을 끼고 눈 내리는 가로를 걷는다. 한없는 밀어들이 펑펑 내리는 함박눈처럼 끝없는 그들, 부러움을 한 몸에 받는다. 오뉴월 땡볕에선 정다운 대화가 오간다 해도 그것은 오히려 답답하기만 하다. 딱지맞을 즈음에 애걸하며 잡고 늘어지는 옹졸한 꼴이 되고 말 것이니까.

그러나 함박눈이 내리는 밤에는 중년의 아내가 살며시 팔을 끼며 다가와도 싫지 않다. 백설은 사랑을 활짝 꽃피우는 마법을 가졌나 보다. 여인들이시여, 눈 오시는 밤에 사랑하는 이와 거리에 나서시오. 그러면 세월에 묻어버린 젊음을 되찾을 것이오. 내가 이렇게 말할 수 있는 것도 백설의 조화가 빚은 분위기 때문이리라.

눈 내리는 밤이면 마음의 고향 길에 오른다. 한지로 도배한 고향집의 아랫목, 그 아늑한 온돌의 정에 끌린다.

"정(情), 그것으로 말미암아 삶이 다사롭고, 또 그것으로 인하여 인생이 괴롭다."

이런 구절을 떠올리고 있는데 방문 앞 토방에선 신발에 엉긴 눈을 툭툭 터는 소리와 함께 인기척이 분명하다.

"어이, 눈 오시는데 앉아 있긴가?"

친구가 찾아온 것이다. 손잡고 마주한다. 밖에서는 눈 앉은 대나무가 휘어져 시집간 누나를 맞이할 터널을 만드는 밤이다. 밤의 정취에 끌려 나서니 나뭇가지에 눈꽃이 한 잎 또 피고 있다.

제주도의 돌담

제주도의 돌담은 생활 문화가 이루어낸 하나의 예술품이다. 그렇다고 돌담은 쌓는데 특별한 기교가 있는 것도 아니다. 그저 밭일을 하는 중에 밭에서 나온 돌들을 밭 가장자리에다 돌 위에 돌을 얹어 놓았을 뿐이다.

나는 이런 돌담과 만나면서 여행길에 신이 났다. 바닷가 수로에서 고기를 잡는 '죽방'이라는 돌그물이나, 해안선 따라 새로 낸 도로에 가로수를 대신하는 입석(立石)과는 달리 애틋한 정을 느낀 것이다. 만날 때마다 '혼저옵서예.' 하고 은근한 마음을 내보인 때문만은 아닌 것 같다.

돌담은 제주 천지 어디서나 흔하게 만날 수 있다. 도민들의 생활의 흔적으로 유물처럼 남아 있는 것이다. 삶터에서 나온 많은 돌들을 처리할 손쉬운 방법을 생각했을 것이다. 애초에는 돌담을 쌓아 바람을 막으려는 목적도, 자기 보호 본능도 작용하지 않았으리라. 그런데 자연스레 집에서는 울타리를 대신하게 되었고, 밭에서는 경계가 되었으며, 마소를 들어가지 못하게 하는 역할을 맡게 되었다.

이런 돌담에는 삶의 흔적만이 배어 있을 뿐이다. 어떤 위

엄을 부리는 일도 없고, 엉뚱한 일을 꾀하고 나서는 법도 없다. 그저 세월 따라 이끼가 앉고, 숭숭 뚫린 틈새로 바람이 드나들고, 햇살이 노닐다 간다. 밤이면 달과 별과 산새와도 이야기를 나눈다. 덩굴 풀이 뒤덮어도 좋고, 밭을 맨 잡초를 얹어두어도 상관하지 않는다. 이런 돌담에 일상의 생활이 예술로 승화한 자연미가 배어 있음을 본다.

남제주군 표선면 성읍리 민속 보존 마을은 360여 호가 옛날 그대로 초가집이다. 집집마다 높고 낮은 돌담이 둘러 있고, 돌담이 잠시 머문 곳이 '정낭'이라 불리는 출입문이다. 정낭에는 세 개의 막대기가 있어 몇 개가 걸쳐 있느냐에 따라 소통되는 뜻이 다르다. 방문객에게 '금방 올 테니 기다리시오.' 할 때는 제일 밑의 막대기 하나만 걸쳐두는 것이란다. 서로의 믿음이 생활 속에 깊숙이 깔려 있음을 말해주지 않은가.

어느 도로든 달리다가 한 모롱이를 돌아서면 어김없이 돌담을 두른 곳에 귤밭이 눈을 끌었다. 귤이 주렁주렁 열려서 가지를 늘어뜨린다. 그런 풍광을 대할 때마다 나는 언어 구조에 문제가 생긴 듯, "아, 좋다."를 연발하였다.

돌담 안에는 귤만 풍성한 것은 아니다. 세화 장터 부근에는 두어 마지기쯤 되는 밭이 있는데 역시 돌담에 싸여 있었다. 돌담 밑에는 백년초가 무더기무더기 자라고 있었다. 그저 밭을 가꾸며 돌담 밑에 심었던 것을 해년마다 그대로 두었을 뿐일 텐데 백년초와 돌담은 또 그렇게 잘 어울렸다.

넉넉한 밭 임자의 마음을 대하는 것 같다.

돌담은 산에도 있었다. 바닷가 전망대에서 '가파도'와 '마라도'를 보고 돌아오는 길에 송악산에 올라 '큰오름'을 앞에 두고 본다. 오름은 숨을 한 번 고르면 오를 수 있는, 분화구로 인해 생긴 작은 산이랄까. 이런 곳 묘역에도 빙 둘러 낮은 돌담이다. 여기에도 출입문이 있다. 유택에서도 혼이 드나들도록 배려한 선인들의 영혼관을 생각해 보게 하는 것이다.

제주도의 도로와 돌담은 천생 배필처럼 잘 어울린다. 좁다란 도로는 한 모롱이를 돌아서면 무엇인가 새로운 것이 나타날 것 같은 기대감을 갖게 한다. 할머니 같은 느낌으로 다가오는 도로다. 만나면 포근한 마음으로 안기고 싶고, 아무 것도 없을 것 같지만 그냥 보내지 않고 손에 무얼 쥐어 주고, 들려주는 말씀만으로도 희망을 주었던 할머니 같은 도로다. 헤어질 때면 등이라도 다독여주고 머리도 쓰다듬어 주셨던 것이다.

이런 구도로(舊道路) 같은 길은 나에게는 무한한 상상력의 원천이기도 했다. 끊어질 듯 이어지는 길, 이 길을 따라가면 어디까지 갈 수 있을까? 어린 날에는 무척 궁금하기도 했고, 길을 잘못 들어 헤매게 될 것이 걱정이기도 했다. 그래서 갈림길에 서면 손바닥을 펴고 침을 뱉어놓고 손가락으로 튀겨서 침이 많이 튀는 쪽을 택해서 가면 거기에는 돌무더기 서낭당이 있지 않았던가.

이제, 또 어디로 갈까?

한숨 돌려 생각하자.

성산 일출봉 아래 '어촌계해녀식당'에서 붉은 해삼 한 점에 '제주도맑은물소주' 한 잔이 운치를 돋운다.

"아따, 좋다 좋아!"

입을 다물고 눈을 부릅뜬 돌하루방이 나를 쳐다보고 있다.

마치 '너도 하나의 돌담이 되고 싶은 게지.' 하는 것만 같다.

봄까치꽃

입춘(立春)이 내일 모레다. 눈 속에 봄을 생각하게 된다. 마침 남녘엔 비가 오셨다. 서울에는 폭설이 내렸다는데…. 이곳 분위기는 영락없는 봄비다. 날씨도 푹하고 빗줄기도 가랑비다. 그렇다면 대체 봄은 어디쯤 오고 있다는 것인가?

나는 어려서 하던 식으로 두 팔을 앞으로 뻗어 실체 없는 봄의 어깨에 손을 얹었다. 그리고 두 눈을 지그시 감고 물었다.

"어디 만큼 왔냐?"

"당당 멀었다."

아니 '입춘'이 눈앞인데, '당당 멀었다'니. 고향으로 가보자. 아파트에선 봄을 찾을 길이 없으니 말이다. 아파트 생활은 자연의 순환과는 거리가 멀다. 문 하나 닫아버리면 바깥세상과는 단절이다. 아침 까치 소리, 흐르는 물소리 하나 느끼지 못 한다. 계절 감각은 아예 없다. 그런데 어디 봄 오는 소리를 들을 수 있겠는가.

시골집 고샅쯤이다. '다 와았다!'는 소리가 들리는 듯하다. 텃밭에서 지난 가을에 뿌린 종자가 어찌 되었나 살핀다. 붉은색 치마상추와, 시금치가 제법 제 꼴을 드러내고 있다. 파종할 시기가 늦어서 걱정깨나 하면서 심었던 파도 잎이 파랗다. 언 땅속에서 잘도 버티고, 작은 생명들은 싹을 틔워냈다. 봄은 이렇게 텃밭에서 서성이고 있었다.

담장 밑으로 눈을 돌렸다. 순간 '어!' 소리와 함께 고개를 내밀며 자세를 낮추고 말았다. 연한 하늘색이 꽃인 듯 잎들 속에서 드러난 것이다. 도래도래 땅을 덮은 도톰한 잎들이 톱니를 하고 포기포기 자라고 있다. 줄기들이 얽히고설켜 있다. 설한풍 한 점 파고 들 수 없게 하는 풀들의 생존 전략이다. 그뿐이 아니다. 줄기에도 잎에도 솜털을 둘렀다. 한기(寒氣)를 이겨내기 위한 안전무장이다. 이렇게 땅을 뒤덮은 잎 사이에서 밥알만한 꽃망울들이 고물고물 모여 있지 않은가. 그중에 흰 바탕에 파란 도라지꽃 색으로 서너 송이 벌었다. '봄까치꽃'이다.

이제 좀 찬찬히 보아야 하겠다. 아예 무릎을 꿇고 들여다본다. 아기 뼘 정도 뻗어 있는 줄기도 들쳐본다. 줄기엔 갓 난이 손톱만한 잎들이 마주보기로 나 있고, 엽액(葉腋)에서는 명주실 같은 모가지를 내밀고, 밥풀때기 같은 꽃망울이 또록또록 벙글었다.

매화를 한 철을 앞서 피는 '선구자적 영혼에서 피는 꽃'이라 한다. 그런데 지금 매화는 물방울과 함께 가지에서 한참 꽃망울을 부풀리고 있는 중이다. 그런데 꽃이라고 하기엔 너무 작은 들풀 꽃이 담장 밑에 피었다. 불러주는 이름이라야 겨우 나물 캐던 아가씨들이 붙인 '코딱지나물'이 아니던가. 땅에 코를 '딱' 붙이고 없는 듯이 자라는 봄나물. 언 땅에라도 딱 붙어서 함께 살기를 작정한 매운 뜻이 봄꽃으로 피었다. '먼저 봄을 알려야지.' 하고 마음먹은 것일까. 담장 밑이 아니면 집 근처 논둑 밭둑에 무더기로 자라는 두해살이 풀이다. 화분에서 살아 볼 생각은 아예 못 한다. 어쩌다 봄나물 바구니에 담길 뿐이다. 그런데 얼마나 다행한 일인가. 누군가 꽃의 본질을 알아차리고 예쁜 이름을 지어주었으니 말이다. 아침 까치가 기쁜 소식을 알리듯 봄을 알리는 봄까치꽃!

봄은 아롱아롱 언덕 너머 아지랑이 타고 오는 것이 아니었다. 아지랑이 보다 먼저 봄꽃과 함께 와 있었다. 나는 그 자리를 뜨지 못하고 요리조리 보고 또 본다. 내가 왜 이렇게 작은 풀꽃에 반하는가. 마음이 없으면 보아도 보이지 않는다더니 이제야 봄이 보이기 시작한 것일까. 매년 입춘 무렵이면 이렇게 피었을 것인데….

나는 가만히 지난날을 회상한다. 본질은 저리 던져 버리고 겉만 보고 살아온 것은 아닌가. 그러면서도 이러쿵저러쿵 안다니 노릇을 하는 걸 보고 옆에서들 얼마나 웃었을까. 정년을 한 지 5년이 지났는데도 수업 시간을 깜빡 잊고 있다가, 바삐 교실을 찾아 헤매는 꿈을 꾸곤 한다. 가르쳐야 할 본질을 짚어내지 못 하고, 가르치는 일에 고수(高手)가 되지 못한 탓일까.

들풀을 두고 봐도 마찬가지다. 그 많은 것들 중에 이름을 불러주는 게 몇이나 될까. 대부분은 이름도 모르고 그냥 '봄나물'이나 '풀'이라 불러주었을 뿐이다. 어쩌다 이름을 불러준 것도 있기는 했다. 냉이, 달래, 쑥부쟁이, 머위, 씀바귀, 고사리, 두릅…. 그러나 이름을 알고 있는 것에 대해 관심을 가져본 적이 있기나 하는가. 잎만 보거나 줄기만 보고, 뿌리도 잔털만 만지다가 전체를 파악하지 못하고 부분을 전체로 알고 지낸 세월인 것만 같다.

입춘은 24절기 중의 첫 번째 절기로 양력으로 2월 4일경에 든다. 봄으로 접어드는 절후인 것이다. 기상학적으로는 3월부터 봄으로 치고, 천문학적으로는 춘분에서 하지까지를 봄이라 한다.

입춘(立春)을 말할 때, 들 입(入)자를 쓰지 않고, 설 립(立)자를 쓰는 데는 그만한 이유가 있는 것 같다. '立'자는 자원(字源)으로는 어떤 사람[大]이 땅[一]에 서서 기다리는 형상이다. 겨울 속에 잉태된 봄기운을 기다리는 것일까.

계절의 순환을 미리 보고 순응하며 살았던 선인들은 전체를 보았다. '봄까치꽃'처럼 온 몸으로 하늘과 땅의 기운을 느끼며 자연의 순환을 읽어낼 수는 없을까.

고라당의 봄

'고라당'[1]이 꽃을 터뜨렸다. 고라당은 지난해 4월, 고향의 칠봉산 골짜기에서 옮겨온 춘란의 이름이다. 초세(草勢)-잎의 뻗음세-가 좋고, 꽃잎에는 황록(黃綠)이 묻어 있었다. 황화(黃花)로 발색할 '끼'가 숨어 있는 것이다. 집으로 가지고 와서 난분에 옮겨 심고 골짜기의 전라 방언인 '고라당'이라 이름 지었다.

그렇지 않아도 야생 춘란을 몇 촉 기르고 싶던 참이었다. 유년 시절 땔나무도 하고, 송기도 벗겨 먹고, 삘기도 뽑던 산의 추억을 집안에 들이는 일이라고 생각했다. 추억과 함께 골짜기의 음영까지도 옮겨 오고 싶었다. 그렇게 된다면 골짜기를 지나는 바람 소리, 산의 숨결도 집안에서 느낄 수 있지 않을까. 풀과 나무들이 주고받는 밀어들도 들을 수 있으리라. 바위는 또 무얼 먹고 사는 지 알 것도 같아졌다.

현직에 있을 때는 학교를 옮길 때마다 난분을 보내오는 고마운 분들이 있기도 했다. 정성을 들여 길러 보았지만 얼

1) 고리당 명 '골찌기'의 방언(전라).

마 아니 가서 꽃은 추레하게 되고, 잎은 윤기가 약해지면서 볼품이 없어졌다. 다음 해에는 꽃을 피우지도 못하고, 결국에는 잎이 시름시름 말라 비뚤어지고 말았다. 야생과 같이 본성을 잃지 않고 매년 꽃을 피우는 강인한 생명력을 대할 수는 없을까.

가을이면 어린 나무꾼은 안산에서 솔가리를 긁곤 했다. 그때 갈퀴발 사이로 포기포기 풀이 파랬다. 이 파란 풀들은 봄이 되면 난꽃을 피워내어 골짜기엔 꽃 사태가 지곤 했다. '꿩밥'2)이라 불리던 춘란이 흐드러지게 꽃을 피워 봄을 알렸던 것이다. 춘란은 한겨울 눈이 내려 쌓이면 솔폭 밑에서 모가지만 겨우 내밀었다. 천지에 먹을 것이라곤 눈밖에 없어 굶주린 꿩은 눈과 그 푸른 잎은 쪼아 먹으며 봄을 기다리는 것이었다. 이렇게 되고 보니 '꿩밥'이라 부를 수밖에…. 그리고 울타리 밑 괴석 옆에서 함께 자라던 난초가 산에 있으니 '산난초'라 부르기도 했고, 봄을 알리는 꽃이니 '보춘화(報春花)'이기도 한 것이다.

입춘 무렵부터 고라당은 바빠졌다. 포의(苞衣)에 싸인 투명한 꽃대가 쏘옥 오르더니 꽃망울이 부풀기 시작했다. 도톰해지는 꽃망울로 아파트 베란다가 꽉 차오는 느낌이었다. 아침에 손톱만큼 내밀더니 꽃잎 하나 바르르 떨고 있다. 한 하늘이 열리기 시작한 것이다. 오후가 되자 바깥 꽃

---

2) 꿩밥 명 '춘란 또는 춘란처럼 생긴 풀'을 일컫는 방언(전라).

잎 석 장이 벌고, 속잎 두 장 사이로 혀가 빨간 점을 내보인다. 꽃이 핀 것이다. 만백성 같은 보통의 춘란 꽃이다. 생명력을 보여주는 고라당이 경이롭고, 고맙기만 하다.

갓 피어난 꽃잎의 상단부의 포르스름한 기운이 밑으로 오면서 황화 끼를 띤 둥 만 둥 노르스름한 배색은 나를 그 자리에 꽉 잡아매고 말았다. 자연만이 할 수 있는 이 조화, 이걸 문장으로 그려내는 일은 우리에게 가능하기나 할까. 이리 보고 저리 본다. 밝은 햇살을 받는 아침나절이나 어둠이 깔리는 저녁에는 색감이 다르다. 난분을 옮겨 책상 위에 놓고는 위에서 내려다보기도 하고, 밑에서 올려다보기도 한다. 앞에서, 뒤에서, 옆에서, 방향과 각도를 달리하여 볼 때마다 꽃은 조금씩 다른 눈짓으로 다가왔다. 잎의 녹, 꽃대의 홍(紅), 꽃대를 싼 포의(苞衣)의 백, 꽃잎의 연록과 담황이 어울린 청순가련한 꽃이다. 드디어 밀어 올리던 다섯 개의 꽃대 끝에서도 다투어 하늘이 열리는 경이감을 보였다. 다소곳이 고개 숙인 모습들이 어사화를 쓴 급제한 젊은이들 같이 티 한 점 없다. 키가 큰 양쪽 두 송이는 저만치서 의젓하고, 가운데서 나란한 세 봉오리는 머리를 맞대고 다정하다.

꽃 한 송이의 꽃잎은 모두 6장. 바깥 꽃잎[외판(外瓣)]이 석 장, 안 꽃잎[내판(內瓣)]이 두 장, 그리고 혀[설판(舌瓣)]가 한 장이다. 외판 석 장 중에서 위쪽의 한 장을 주판(主瓣)이라 하고, 팔을 벌린 것 같은 아래쪽 좌우 두 장을 부판이라 한다. 주판의 품에 안긴 내판 두 장을 흔히 봉심(捧心)이라 부르는데 바깥 꽃잎 석 장보다는 크기가 조금 작다. 봉심은 그 품에 비두(鼻頭)를 보호하는데 거기에는 꽃가루 덩이 두 개가 자라면서 종족 보존의 일들이 이루어지고 있다.

난 꽃이 피어 있는 모양을 나타내는 명칭은 부판인 두 팔을 뻗은 위치나 모양에 따라 달리 불린다. 두 꽃잎이 안으로 봉심과 혀를 보듬는 형상을 '안아피기'라 한다. '나 좀 보라'는 듯이 당당하게 두 팔을 수평으로 뻗은 상태는 '평견(平肩)피기'요, 평견보다 아래로 늘어진 것은 '낙견(落肩)피기'라 한다. 꽃잎 모두가 가던 길 관두고 뒤로 제친 '반전(反轉)피기'가 있고, 두 팔이 멋을 잔뜩 부리며 위로 날아오르는 모습의 '비견(飛肩)피기'도 있다. 나는 평견피기나 비견피기를 부러워하고 지향해 보지만 '꿩밥' 같은 내 야성은 '안아피기'가 마음이 편하여 좋은 것이다.

봄을 기다리는 마음! 우리는 힘겨운 생활에서도 내년 봄을 기다리며 어둡고 차가운 겨울을 참아낸다. 긴 터널을 지나는 동안 고통과 불안, 걱정과 근심, 이런 삶의 무게가 봄이 오면 조금은 덜어질 것 같은 희망의 봄을 기다리는 것이다. 한시반시[3]도 그냥 흘려보낸 일 없이 살았지만 멀리 와서 뒤돌아보니 이렇다 할 이룬 것은 잡히지 않는다. 허전하다. 봄만 오면 가실 것만 같던 생활의 갈증은 그대로다. 새

3) 한시반시 명 '잠시'의 방언(전라).

봄의 수액을 한 모금 꿀떡 마시면 곧 풀릴 것만 같던 갈증 말이다. 봄을 기다리는 마음은 날만 새면 끓던 신열이 내리고 아픔이 사라질 것만 같던 병상에서 기다리던 아침 같은 것이었다. 그러나 얼마나 다행인가, 기다리는 봄이 있고 또 꽃을 볼 수 있다는 것은.

겨울비가 봄비처럼 내린다. 새봄은 어디쯤 오는가? 아직 바람 끝이 차다. 내일모레가 입춘(立春), 마음속에서 봄을 생각한다. 춥고 견디기 어려운 설한풍을 이겨내는 의지의 표현으로 눈 속에 봄을 그렸던 것 아닐까. 사람마다 기다리는 새봄의 의미는 다를 수 있다. 내게는 '고라당 꽃' 다섯 송이가 새봄의 의미로 다가왔다. 골짜기에서 비이슬 받아 살면서 타고난 자연의 뜻대로 핀 야생 춘란 꽃이다.

자연보호로 변화를 꿈꾸는 나라

정축년 섣달. 차가운 밤바람을 가르고 김포공항을 이륙, 서울의 상공에서 내려다보는 밤하늘은 환상적이었다. 어린이 만화 영화 '은하 철도 999'에 나오는 그런 장관으로 휘황한 불빛은 무더기무더기 개나리꽃이 되어 꿈속을 날게 하는 야경이다. 차츰 불빛이 멀어지더니 어둠이 깔리고, 둥근 달만 우리를 따른다. 항상 대하던 하늘과 땅과 모든 사람들을 떠나서 낯선 나라 호주 땅, 거기서 살아가는 사람들의 인정을 만나게 될 것이다.

기내가 수런거리고 불이 켜진다. 창 밖에선 해돋이의 장관이 무한대로 펼쳐지고 있질 않은가! 구름들이 형형색색으로 만상을 연출한다. 이 세상 모든 색 모든 형상을 다 모아 놓은 것만 같다.

이렇게 동이 트더니 벌써, 하버브리지를 통과한다. 강의 이쪽은 시드니요 저쪽은 블루마운틴(Blue Mountain)이다. 호주판 그랜드캐넌이라 불리는 블루마운틴은 안개 속에서 세 자매바위봉마저도 모습을 감춘다. 그러는 중에도 가끔 건너 편 숲 속에서 인가들이 언뜻언뜻 모습을 드러내니,

'이런 우거진 숲 속에도 인가가 있습니다.' 하는 것만 같다.

산과 숲과 어우러져 생활하는 호주인. 자연의 혜택을 누리고 사는 그만큼 노력하는 생활의 지혜가 의식주 하나하나에 배어난다. 휴지 한 장, 담배꽁초 하나 발견할 수 없는 거리. 빗자루와 쓰레기통을 들고 바빠하는 미화원도 보이지 않는다. 너와 내가 없이 자연 보호만을 위해 살아가는 것도 같다.

이국에서의 아침, 커튼을 걷고 베란다 의자에 앉는다. 건물 옆에 나무 몇 그루가 서 있고 바로 주차장이요, 그 건너는 자동차가 오가는 도로다. 단단히 담을 치고, 그 위에 철조망을 올릴 만한 위치이련마는…. 전체적으로 차분하고, 생활 자체에 서로 신뢰가 쌓인 사회라는 느낌을 받는다.

거리를 오며가며 보아온 집들은 앞마당이 없고 인도와 가까이 이어져 있었다. 가족 단위의 일들을 집 뒤에서 하기 때문에 뒤뜰이 넓은 것이다. 이곳에서는 배산임수(背山臨水)의 택지 조건도 우리와는 다르다. 잘사는 마을의 제일 조건은 바다를 가까이 대하고 있어야 하고, 집 앞에서 보트를 띄울 수 있어야 한다. 그리고 산기슭에선 위로 올라갈수록 집값이 비싸고, 막다른 골목집이 조용해서 최고라는 것이다. 자연 환경이 다르니 생각과 관점이 다른 것이다.

시드니의 명물, 오페라하우스가 보이는 배[Captain Cook Cruises] 위에서 먹은 점심은 중국식 뷔페였다. 입맛이 이미 세계화된 듯, 별스런 거부감이 없다. 처음 해외 나들이로 대만에 갔을 때만 해도 식사 때마다 김치와 고추장을 챙겼는데. 현지인이 부르는 감미로운 노랫가락에 젖어, 음식을 드는 동안 배는 물길을 따라 서서히 움직인다. 저쪽 언덕의 건물들이 내리는 비에 씻겨 숲 속에서 한결 산뜻하다.

바다에는 한 점 쓰레기도 발견할 수가 없다. 항구의 비릿한 갯내음도 물위에 뜨는 기름띠도 비닐이나 스티로폼 부스러기도 찾아볼 수 없는 바다. 어떻게 이렇게 바다를 티 한 점 없이 가을 하늘같이 간직할 수 있다는 말인가. 시드니항이 세계 3대 미항이 될 수 있는 것은 자연 조건에 인공의 노력이 가미된 신과 사람의 합작품이란 생각이 든다.

간간이 내리는 비를 맞으며 우리를 맞아 주는 오페라하우스는 1973년에 탄생했으니 이제 청년기에 들어선다. 어느 방향에서 보아도 원형으로 보이게 하고, 옆 건물들과의 어울림을 생각하며, 특히 바다와의 조화를 고려하여 설계되었다니 자연 보호에 쏟는 그들의 노력이 눈물겹다.

시드니와 골드코스트의 경계는 쿡(J. Cook, 1728-1779) 선장이 처음 입항하던 때 암초가 많아 '위험 지역'이라 이름 지어진 곳. 이곳에 구리 구조물로 항해도가 그려 있고, 선장의 흉상이 바다를 응시하는데 이 탑의 북쪽이 42km 해안선의 처음과 끝이 다 보이는 골드코스트 지역이다. 호주인이 좋아하는 바닷가 모래밭엔 일광욕을 위하여 태양은 뜨겁고, 파도 타는 젊은이를 부르며 밀려드는 파도 파도 파도…. 우리도 그냥 지나칠 수 없는 일이 아닌가. 잠깐 들렀다 가기로 한다. 밀려드는 파도와 세모래, 그 모래밭에서 한가하게 일광욕을 즐기는 선남선녀들…. 남국의 바닷가에 바짓가랑이를 걷어 올리고 바닷가의 어린이가 되어 보는 것이다. 파도가 모든 것을 삼킬 듯 밀려들지만 모래성을 쌓고 조개를 캐고 물장난을 치기도 하고, 기념사진 촬영에 정신이 없는데 벌써 안내양은 떠나자고 재촉이다. 백사장 입구에 수도꼭지가 서 있는데, 그 주위에도 티 한 점이 없다. 여기서도 자연을 중히 여기는 호주인들의 마음이 흐르고 있음을 알겠다.

버스가 마지막 여행지 브리스베인에 도착했을 때는 석양이 뉘엿거리며 브리스베인 강을 물들이고 있었다. 강물은 우기(雨期)여서 맑지 않았으나 전체적으로 잘 가꾸어져 주위와 어울리는 풍경은 인상적이다. 강변로를 따라 조깅하는 미녀, 자전거 타는 여인, 달리는 남자, 구경꾼과 빈 배, 건물과 숲이 한데 어울려 경이감마저 들게 한다.

비행기를 타기 위해 꼭두새벽에 숙소를 빠져나와 이제는 서울행 기내. 바삐 서둘던 마음도 느긋해져 눈을 지그시 감고 지나온 여정을 돌아다본다. 금방 친한 벗이 손을 흔들며 달려오는 것만 같았던 공항의 한국어 방송. 눈을 번쩍 뜨게 했던 한국어판 안내 책자에서 자부심 같은 힘을 느끼며, 이번 대학원 졸업 답사 여행이 준 교훈을 생각한다.

주어진 자연 속에서 성실하게 그 자연을 가꾸고 땀 흘리며 차분하게 변화를 모색하며 살아가는 호주인. 한국동란

때 그들 참전 용사들의 추억 속엔 우리나라가 춥고, 눈이 많이 내리고, 어린애가 많으며 더러운 나라로 기억되었다고 한다.

서울에 도착하니 대지에 눈이 하얗다. 나는 훗날 자연을 보호하며 차분히 변화를 꿈꾸는 나라로 호주를 회고할 것이다.

홍도의 꿈

바다는 안개에 잠겨 있고 홍도(紅島)는 안개 속에 떠 있다. 홍도의 해변에는 몽돌[1][丸石]들이 모여 산다. 하늘이 내려놓은 홍옥의 낱알들. 산에서 어둠이 내리면 '스스슥 쏴악 쓰읏 쏴악' 몽돌들의 속삭임은 밀어가 되는가 보다. 입가에 잔잔한 거품을 머금고 간절한 제 노래 따라 둥글고 작아진 얼굴, 푸른 신비 가슴에 안고 도란도란 해변을 지키는 몽돌들이다. 억겁의 세월 지나면 목숨 받아 생명으로 깨어날까. 몽돌들은 홍도의 내일을 말하고 있는 것도 같다.

여장을 풀고 대밭목을 지나 뒷산 양산봉에 오른다. 원숙한 여인의 가슴 같은 봉우리. 동백 숲이 넉넉하다. 나무판 계단을 따라 오르다가 전망대 뒤쯤에서 등산로는 차단된다. 나무 한 그루 풀 한 포기, 돌멩이 하나도 제 자리에 있도록 하기위한 배려다. 전망대에서 바라보는 석양빛이 곱다. 수평선의 불그레한 홍옥 빛은 붉은 섬 홍도(紅島)를 말해준다. 불그숙숙한 기운에 끌리고, 놀빛의 신비감에 싸여

---

1)몽돌[몽:돌] 명 '환석(丸石, 오랜 세월 동안 물살에 깎여 모양이 둥글고 매끈매끈하게 된 돌)'의 방언(전라).

태곳적 홍도를 생각한다.

맨 처음 입도(入島)했다는 고씨(高氏)는 대밭목에 발자국을 내며 어렵게 섬에 올라 정착했을 것이다. 얼마 아니 되어, 산 너머 바닷가 '대풍구미–지금의 대풍리–'도 살기 좋은 곳이란 걸 알아냈을 것이다. 이곳의 지명 '대풍구미'가 말해주듯이 해안의 지명 끝에는 '구미'가 많이 붙어 있음을 본다. '구미'는 변하여 '기미', '끼미', '금' 등으로 붙기도 한다. 이런 접미사는 바닷가 기슭의 구부뎅이–작은 만(灣)–를 뜻하는 순수 우리말이다. 대밭목과 대풍구미는 사나운 태풍과 해일에도 안전한 곳이다. 섬이 열리면서 지금까지 사람이 모여 사는 홍도의 두 지역이다.

바다가 눈을 뜨는 아침. 오월의 푸른 바다를 조망하며 해안선 천릿길을 따라 홍도 33경을 찾아 일주 유람을 나선다. 신의바위, 돛대바위, 병풍바위 지나니 봉황새동굴이다. 천층 만 층 층층 바위 모두가 기암이요 괴석이다. 이들이 보여주는 층리(層理)와 절리(節理)는 자연의 솜씨가 어디가 끝인지 알 수 없게 한다. 제비바위, 기둥바위, 떡바위, 주전자바위를 지나 독립문바위를 뒤로한다. 밤이면 하늘에서 석공이 내려와 이런 바위 지었을까. 절리절리 사이사이 가로 세로 줄을 맞춰 풀도 나고 솔[松]도 자라니, 생명력도 보여주고 해벽미(海壁美)도 보여준다. 신신계곡, 형제바위, 만리장성 모든 바위들은 보기에 따라 모양도 다르고 띠는 빛깔도 다르다. 일주 관광이 끝나려 한다. 신비의 세계에서 현실의 삶으로 돌아온다.

어제였다. '전국 문인 초청 전남 기행'을 위해 130여 전국 문인들과 홍도에 왔다. 목포항을 떠나 두 시간 여 만에 홍도항이 모습을 드러냈다. '저게 홍돈가?' 실망감이 엄습했다. 시멘트를 뒤집어쓴 거리와 상가, 숙박 시설, 노래방…. 첫눈에 다가온 홍도는 이미 신비의 섬이기를 포기하고 있었다. 신안군이 내건 「푸른 바다 푸른 신안」의 구호가 무색하게 나무 한 그루 자라지 않았다. 사람이 모여 사는 대발목 일대의 홍도1구의 첫인상이 자꾸만 떠올라 마음이 괴롭다.

해상국립공원, 섬 전체가 천연 기념물인 홍도. 주민의 삶 자체를 신비롭게 보존해야 하지 않을까. 자연 그 자체의 모습을 그대로 보존하는 것이 신비감을 자아내는 제일의가 아닐까. 지금의 시멘트덩이를 없애고 자연에 맡기면 좋겠다. 그러나 주민들만 자연과 살던 지난날과는 달라져야 한다. 그렇다면 주민 모두가 함께 생활하면서 관광객을 맞을 수 있는 큰 집을 마련해야 하겠다.

'아, 이거다.' 큰 집을 지으려면 해안의 천 층 만 층 절리를 본떠서 현대 감각을 살려 짓자. 바다와 섬들과 홍도의 자연이 어울려 홍도의 인공 명소가 되도록 하자. 이름 하여 '홍도우주(紅島宇宙)텔'이라 하면 어떨까. 왜 하필 우주(宇宙)인가. 고전(古典)에서 말하는 우주의 뜻을 보면, 사방·상·하의 공간을 우(宇)라 하고, 태곳적부터 지금까지의 시간을 주(宙)라 한다. 그러니 시공을 넘나드는 숙소가 되는 셈이다. 여기서는 방을 혼자 쓰는 것을 권장하자. 홀로 사색하고 상상할 수 있는 공간과 시간을 마련해 주는 홍도 관광이 되도록 말이다. 하룻밤 묵으면서 하늘나라도 수궁(水宮)도 오가고, 장보고와 정약전도 만나게 될 것이다.

해변 몽돌들의 밀어는 홍도의 이런 내일의 꿈을 말하는 것이 아닐까.

너구리와의 대화

춘란을 보러 삼거리 뒷산에 갔다.

그런데 웬일일까. 사람 발자국 소리에 놀라는 것은 겨울잠을 덜 깬 산만이 아닌 것 같았다. 직감을 따라, 그 기척의 진원지를 찾아 발길을 옮기며 두리번두리번 주위를 살폈다. 아, 그런데 그 놀란 주인공은 올무에 걸린 너구리가 아닌가. 빨갛게 충혈 된 눈, 송곳니까지 보이게 앙 벌린 입, 눈에서 내뿜는 살기 돋친 파란 불빛….

최후의 발악을 하는 너구리와 마주쳤다. 너구리가 오도가도 못한 산은 야산(野山)치고는 경사가 급하고 구릉과 구릉 사이가 패어 음산했다. 위쪽에는 소나무 숲이고, 아래쪽은 오리나무와 잡목들의 차지였다. 잡목들 사이의 고총(古冢)은 마른 억새가 뒤덮고 있었다. 휘휘하여 섬뜩함마저 엄습했다.

일행 중 연상인 동서(同壻)가 등산지팡이로 거리를 두고 너구리를 제압해 보려했으나 턱없는 노릇이었다. '살려 줘야 하는 데….' 하면서도 올무에 목이 걸린 너구리와 대치(對峙)하는 꼴이 되고 말았다. 접근을 허락하지 않은 너구리는 뾰쪽한 입을 앙, 벌리고 날카로운 이를 드러내며 '으릉' 거리며 공격을 준비하고 있었다.

'어떻게 하지….'

물리력으로는 해결할 수는 없는 노릇이었다. 살려 주려고 궁리궁리하는 중에도 '으릉' 대는 너구리가 야속하기만 하였다.

"저래쌓[1]는디 어떻게 살려 주것다고…."

동서는 작파하려는 한 마디를 내뱉었다. 이때였다. "짐승이고 풀 한 포기까지도 대화가 된다."던 말을 떠올린 처형이 너구리에게 말을 걸었다.

"너, 살고 싶지야? 가만히 있어야지. 니[2]가 물어뜯으려 하면 어떻게 살려 주것냐?"

처형의 뒤를 이어 너도 나도 한 마디씩 말을 건네게 되었다.

"너, 얌전하게 있어."

"그렇게 응등그리면 풀어줄 수가 없어야."

그런데 이게 웬일인가. 너구리의 행동이 달라지고 있질 않는가. 험악한 분위기가 거짓말처럼 일변한다. 말을 알아들은 것일까? 눈빛이 수그러들더니 슬그머니 그 뾰쪽한 주둥이를 땅에 박는 게 아닌가. 그리고는 꼼짝도 않는다. 진

---

1) 쌓다[보조동사] (동사 뒤에서 '-어쌓다' 구성으로 쓰여)앞말이 뜻하는 행동을 반복하거나 그 행동의 정도가 심함을 나타내는 말.

2) 니 대 '너'의 방언(전라).

실하면 야생 너구리와도 대화가 통하는구나! 참 신통한 일이기도 하다. 누가 들으면 거짓말 같은 상황이 산속에서 벌어진 것이다.

“너 살려면, 가만히 있어 풀어줄 텡께[3]….”

동서는 너구리의 머리 쪽에서 올무를 풀기 시작했다. 목으로 파고든 올무 철사를 찾아내는 일은 쉽지가 않았다. 굵은 손, 풀기 없는 손가락이 꼬이고 꼬인 가는 철사를 피 범벅된 털 속에서 가려내고 있었다. 너구리는 저녁내 어찌 몸살을 쳤던지 철사가 촘촘한 털을 뚫고, 목살이 끊길 지경이었다. 아픈 목을 이리저리 만지며 시간이 흘러도 너구리는 딱 엎드려 꼼짝을 않고 있었다.

“니가 나대면 살려줄 수가 없어.”

“목에 걸린 철사를 다 풀 때까지 가만있어야 해.”

“너 살려 주려고 그러니까 얌전하게 있어라.”

일행은 동서 뒤에 둘러서서 너구리에게 연방 안심시키는 말을 하였다. 주문처럼 주워 섕기며 안타깝게 지켜보고 있었다, 한 생명을 살려내는 순간을. ‘혹시 어떤 상황에 돌변할 수도 있을지 모른다.’는 한 가닥 흑심을 품은 것은 우리 인간 쪽이었다. 너구리는 시종일관 주둥이를 땅에 박고 있는데….

“아따, 다 풀었다.”

---

3) 텡께: ‘터이니까’의 방언(전라).

동서의 말이 떨어지자마자, 마른 풀숲이 스르르 움직였다. 올무에서 풀린 너구리가 주둥이를 내리깔고 저만큼 슬슬 멀어지는 것이 아닌가. '말 못하는 짐승이라 그냥 가는가.' 했는데, 한참 뒤에 멈춰 서서 홱! 뒤를 돌아보았다. 너구리의 눈빛은 순했다. 야행성 너구리지만 깜깜했던 어젯밤은 길고도 길었을 것이다. 굴속에 남은 한 마리는 집 나간 짝을 애타게 불렀을 것이다. 야음에 산은 또 얼마나 불안했을까. 겨울잠을 더 자도 될 텐데…. 잠결에 덫이 많다는 걸 잊었을까.

이쪽과 저쪽은 한참 동안 침묵이 흘렀다.

"어서 가그라, 어서 가아."

"사람 눈에 안 띄게 깊이 들어가서 오래오래 살거라."

처형과 아내가 나직이 입을 떼어 침묵을 깨자, 동서와 나도 손을 들어 '멀리 어서 가라!'는 신호를 보냈다. 너구리는 주둥이를 쳐들고 억새 마른 풀 속으로 사라졌다.

너구리를 받아준 산, 여기저기에는 춘란이 꽃대를 올리고 꽃망울을 부풀리고 있었다.

진드르를 지나며

제주시에서 해안 일주도로를 따라 동쪽으로 한 20여분 달리면 탁 트인 들판을 가로지른다. 이곳엔 겨울인데도 무, 배추가 파랗다. '제주도에 이렇게 너른 들이…….' 어디쯤일까? 여기는 제주시 삼양동 '진드르'라고 도로 표지판이 일러준다. '진드르', 나는 지명에 매력을 느끼기 시작했다. '길다란 들'이란 뜻의 '긴드르'가 구개음화되어 발음되는 그대로 고유명사화하여 지명(地名)이 되었으리라.

이와 비슷한 지명이 남제주군 대정읍 바닷가에도 있다. '남쪽에 있는 들'이라는 뜻을 가진 '알뜨르'가 그것이다. 알뜨르 너른 들판엔 아직 캐지 않은 감자도 있다. 한겨울에도 영상의 날씨요, 화산 지대여서 물 빠짐이 좋으니 최적의 감자 저장소라고 안내자는 일러준다.

'알뜨르'에서 '알'은 '앞'의 변음일 것이요, 앞은 남쪽이다. '뜨르'는 '드르'의 된소리가 아닌가. 용비어천가를 보면 "드르헤 용(龍)이 싸호아[龍鬪野中]"라 했으니 우리말의 '드르'에 해당하는 한자는 '野'이며 현대어로는 들, 들판이 되는 것이다.

진드르나 알뜨르 말고도 민중들의 삶이 배어 있는 민간 어원설적인 지명이 흥미를 끌었다. 모슬포가 그것으로 제1 훈련소와 함께 떠오른다. 전쟁이 치열하던 때의 신병 훈련은 체계적일 수가 없었다. 소총의 실탄을 장전하고 방아쇠를 당기는 것도 제대로 익힐 틈 없이 전장으로 내몰렸던 것이다. 당시 전선에 나가면 죽음이 한 치 앞에 있었다. 그래서 이곳 훈련소는 원망 섞인 곳이 되었다.

사랑하는 남편이나 아들과의, 인간으로서 차마 할 수 없는 단장의 이별이 그 얼마였을까. 육지에서 장정들이 드나들던 이 포구(浦口)는 암만 생각해도 '몹쓸 놈의 포구'였을 것이다. '몹쓸포, 몹슬포…' 탄식 섞인 육성으로 어버이들이 수없이 되뇌는 중에 '모슬포'가 되었으리라.

모슬포를 지나기 전에 송악산 기슭 전망대에 올라, 바다 저 멀리 아른거리는 두 섬을 보았다. 교통수단이 어려웠던 지난날, 먹을 것은 더 귀했다. 두 섬에 옮겨 살던 이들은 어찌어찌 맑은 날을 택하여 체도(體島)에서 식량을 구하여 돌아갔다. 그때, 힘닿는 대로 한 줌이라도 더 챙겨 보내면서 '갚아도 좋고 말아도 좋다'고 했다는 것이다.

이러한 넉넉한 인정에 연유하여 '가파도'와 '마라도'라는 이름이 붙여졌다. 어려운 인생살이가 그래도 살만하게 느껴지는 것은 예나 지금이나 따뜻한 정이 있기 때문일 것이다. 이런 사연을 담아서 지어진 예쁜 이름에는 어디 그런 애절한 구석이 한 군데나 있는가. 가물가물 떠 있는 환상의 섬으로 우리에게 다가오고 있지 않은가.

겨울비가 추적추적 내리지만 송악산을 그냥 지나칠 수가 없어 오르기로 한다. 망아지가 풀을 뜯고 있는 곳은 '큰오름'이다. 제주도에서만 특이하게 눈에 띄는 지명들이 곧 이 '오름'이다. 오름은 우리가 산으로 보기보다는 한 숨을 고르면 오를 수 있는 분화구로 인해 생긴 작은 산이다. 전형적인 오름의 모습은 원숙한 여인의 젖가슴이랄까.

어떻든 이 오름은 '오르다'에서 온 이름이겠다. 관광지도를 펼치고 성산일출봉에서 한림읍 쪽으로 한번만 눈을 주어 보자. 말미오름, 용눈이오름, 개오리오름, 어승생오름, 노꼬물오름……, 크고 작은 오름들이 수없이 많다.

우리네 선인들은 내를 건너 있는 저쪽 마을은 '물건너', 물이 흐르는 아랫마을은 '물아래' 동네에서 조금 떨어진 곳에 새로 터를 잡아 사는 곳을 '새터' 성(城)을 중심으로 안쪽과 바깥쪽을 '성안' '성밖'이라 했다. 밤나무가 있는 산기슭이면 '밤실'이요, 뽕나무밭을 일구고 누에를 기르는 곳이면 '잠실'이었다.

앞에서 말한 진드르나 알뜨르는 주민들의 입에서 불리는 그대로를 지명으로 삼은 것이다. 모슬포, 가파도, 마라도에는 민간어원설이 묻어 있지만 나는 그대로를 믿고 싶다. 또 오름은 어떤가. 우리말이 만들어내는 지혜가 놀랍고 흥미롭다. 인위적인 어떤 흔적이 없고, 생활에서 우러난 문자 이전의 삶이 그대로 배어 있다. 우리의 숨결이 살아 숨쉬는 이런 지명들을 대하며 여행하는 것만으로도 축복이 아닐 수 없다.

해안선 따라 구전(口傳)으로만 불리는 이름들이 주렁주렁 매달려 있을 것 같은 일주도로를 달린다. 전설 같은 삶의 애환을 담은 지명을 채록해 놓으면 그것이 곧 지혜의 샘이 되겠지 하는 기대를 안고.

아, 장전항

날이 밝자 둥근 달만 데리고, "청 청 청…" 엔진소리를 동해에 띄우며 항진을 계속하던 현대풍악호가 드디어 북녘 항구에 닿은 것이다. 사랑도 첫사랑이 애틋하듯이 나는 이른 아침 북녘의 강산과 두근거리는 가슴으로 첫 대면을 한다. 모았던 기대 속에 가슴을 찌르는 첫 메시지를 받으려는 것이다. 밤새 몇 번이던가, 커튼을 젖히고 밖을 응시했던 것이. 그때마다 주위는 불빛도 귀하여 적막강산 뿐. 그러더니 이제 주변의 야트막한 산들이 희끗희끗 눈을 머리에 얹은 채 입을 꽉 다물고 표정 없이 맞는다. 아직 와락 다가와 안길 것 같지 않은 산과 바다. 여기저기 산비탈이 깎이고, 포크레인이 주위의 경관과 어울리지 않는다. 바다에는 현대상선 장전 1호가 불빛을 밝히며 "잘 오셨습니다." 인사말을 하고는 뒷말은 감추고 있는 것만 같다.

이제는 북녘의 땅을 걷는다. "금강산 관광객을 동포애의 심정으로 환영한다." 처음 대하는 표지판이라 독특한 글자체와 표현이 눈에 익지 않더니, 관광버스가 산모롱이를 돌아서자 '금강산연유공급소'가 을씨년스럽다. 소달구지가 한가한 논길을 굴러가고, 기차 없는 금강산역, 도로 양쪽의 철조망, 인적 드문 인가…. 이런 풍경을 대하며 단절된 세월을 더듬어 보는 사이 석 대에 분승한 우리 일행은 온정리 휴게소를 지나 만물상 오르는 길 입구에서 내린다. 대한 추위 속이라 등산로에 눈이 쌓이고 얼어붙은 빙판이니 등산화에 아이젠을 묶느라 모두들 야단이다.

간다간다 하던 금강산을 드디어 발로 밟고 눈으로 보는 순간이다. 눈길을 따라가며 안내자의 설명을 들으랴, 추위를 이겨내랴, 눈앞에 펼쳐지는 산의 조화를 보랴, 어느 틈에 메모 한 줄 하기가 바쁘다.

기기묘묘한 금강산 일만이천 봉! 오늘 만물상 가는 길이 참 좋긴 좋다는 생각이 물씬물씬 피어나며 추위를 이겨내게 한다. 나무 한 그루, 바위 한 덩이, 이 모든 것이 자연에 순응해서 이루어진 조화덩이가 아닌가. 하늘과 땅, 음과 양, 계절의 리듬, 우주의 조화를 생각게 한다. 눈꽃 만발한 만물상을 오르기 두어 시간…. 살아생전 금강산 만물상을 오를 수 있는 기회를 가진 것만으로도 축복이 아닐 수 없다. 만물상에는 이 세상 형상이란 형상이 모두 여기에 모여 있는 것 같다. 눈에 담고, 마음에 담고, 사진에 담아보지만 어디 그게 진면목을 담을 수 있을 것인가. 여태 보아온 산수화의 소재와 상상할 수 있는 모든 소재는 금강산에 다 모아 놓은 것이 아닐까.

유진오는 수필 「환멸」에서 "금강산의 자연은 아무리 환영을 크고 아름답게 그려도 결단코 환멸을 느낄 리 없고, 도리어 환영 능력(幻影能力)의 초라함에 환멸을 느꼈을 뿐"이라 했다. 봉우리마다 바위마다 골짜기마다 전설이 주렁주렁 열린 신비의 영산이다. 때 묻지 않은 산 금강산. 금강산을 안 본 사람은 안 보아서 쓰지 못하고 본 사람은 보아서 아무 것도 못쓴다는 데…. 산봉우리 한 번 쳐다보며 감탄하고, 또 휘 둘러보고 입만 떡떡 벌렸을 뿐인데 무엇을 쓸 수 있을까.

금강산은 비로봉을 중심으로 외금강, 내금강, 해금강으로 나누는데 제주도만한 크기란다. 구름도 밀려왔다 흩어졌다 금강산을 못 잊어 모여들었는데, 그래선지 오늘도 비로봉 주위에는 구름이 상서롭다. 비로봉은 눈으로 보고 미녀송 숲 속으로 신계사(神溪寺) 계곡을 벗어나, 목란관, 금강굴, 옥류동, 련주암, 비봉폭포를 지난다. 조심조심 가파른 눈길 계단을 기어오르니 관폭정(觀瀑亭)이다.

난간에 서서 폭포를 본다. 눈앞에 얼어버린 폭포가, 옥색 얼음장으로 굳어버린 폭포가, 구룡폭포가 아닌가. 물 없는 폭포를 마음속의 폭포로 간직하고 바삐 되짚어 내려온다. 구룡폭포 코스는 어제의 만물상보다 덜 가파르다. 그래서 그랬는지 어제는 온천욕이요, 오늘은 서커스 구경이다. 온천욕을 즐기며 심신이 풀리니 스치는 모습들…. 굳어져 있는 듯한 표정, 아직 가슴을 열지 않은 겉치레의 대화, 등산로 곳곳에 삼삼오오 서 있던 지도원들이 어른거린다. 지도

원들을 떠올리며 휴지 안 버리는 것, 침 안 뱉는 것, 자연보호 안 하는 것은 감시한다고만 치부할 일이 아니라 어디서나 우리가 몸에 배서 그렇게 해야 할일이 아닐까.

평양모란봉교예단의 종합 교예 공연을 감상할 때다. 신기에 가까운 공연을 보면서도 왠지 코끝이 찡하더니, 대미를 장식하는 줄타기 교예에서 아차, 한 손을 놓치고 그물위로 떨어지는 것이 아닌가. 격려의 박수 속에서도 나는 눈물을 주체 못하고 손수건을 꺼냈다. 민족의 인간애를 느꼈기 때문일까. 우리의 소원은 통일임을 간절하게 느끼는 순간이기도 하다. 여기 금강산에 발을 내딛은 것에서 작은 통일의 씨앗 한 톨이 가슴에 심어졌다는 생각을 해본다. 그러나 그 통일의 씨앗이 자라기에는 아직 환경이 척박하기만 하다.

"장전항에서는 전화가 되지 않습니다."

"동해항에 완전히 접안할 때까지는 커튼을 통하여 불빛이 밖으로 새지 않도록 하여주시기 바랍니다."

이런 안내문에서만 보아도 현실의 두꺼운 벽을 짐작할 수 있지 않은가. 그렇다면 나는 무엇을 할 수 있을까. 큰 인내로써 통일의 씨앗이 발아하는 데 보탬이 되도록 내가 하는 일에 최선을 다하겠다는 다짐을 해보는 것뿐이다.

이제 여정의 마지막 날. 선상 야외식당에서 금강산 연수단의 평가회가 열리고 있을 때, 현대풍악호는 동해를 향해 떠난다. 밤이 깊어 문을 두드리는 소리 있어, 신청(信聽)하다보니 그것은 '청 청 청…' 추진력에서 오는 배 자체의 울림인 것을….

금강산 여행, 호화 유람선, 그냥 있기가 아까운 시간에 나는 객실에서 ≪풍경≫을 세 번째 읽기 시작한다. 동승(童僧)이라는 선화(禪畵)로 유명한 원성 스님이 글을 쓰고 그림을 그린 책이다. 바다는 크고 작은 것, 맑고 흐린 것을 가리지 않는다. 마음공부, 겸손과 여유…. 순수한 동심의 꾸밈없는 표현을 대하며 스쳐간 생각들이다.

출발하던 때, 중외공원 정문에 세워진 '천하대장군 지하여장군'이 무사히 다녀오라며 하얀 이빨을 추위 속에 길게 드러내며 씩 웃어주던 모습이 잊혀지지 않는다.

남은사 가는 길에

남은사(南隱寺)는 고산 윤선도의 유배지였던 보길도(甫吉島)의 중마산에 있는 작은 암자다. 남은사를 찾은 것은 십여 년 전, 노화중학교에 근무하던 때였다.

내 반 학생 몇 명과 노화항에 이르자 정기 여객선이 도착해 있었다. 도서민의 발이 되어 섬을 이어주는 배는 낭만과 추억, 이별 만남을 항구마다 두고 떠나간다. 배는 정 두고 떠나는 연인처럼 서두르는 법이 없다. '부우웅 부우웅' 뱃고동 소리만 가을 하늘에 띄우더니 서서히 무청 바다를 가른다. 오늘 새벽 완도항을 출발한 이 배는 저녁놀이 바다에 물들면 목포항에 닿을 것이다. 배가 섬 사이로 몸을 숨길 때쯤 일행은 발동선으로 한 숨 거리인 보길도 선착장에 도착했다. 울창한 동백숲과 안내판이 우리를 맞이한다.

"윤 고산 유적지·글 쓴 바위·예송림·해수욕장."

보길도가 풍류의 섬임을 외진 해변에서부터 느끼게 한다. 선착장에서 뻗은 길은 외길로 윤 고산 유적지에 이어지니 잠시 둘러보기로 한다.

보길국민학교가 자리한 일대가 부용동이니 고산 시가(詩

歌) 문학의 산실이다. 당쟁의 와중에서 단가(短歌) 문학을 꽃피운 고산 윤선도. 당시의 모습은 세연정터 · 유휴대 · 옥수암 · 굴뚝다리 · 동대 등에서 숨결로 더듬을 수밖에 없었다.

아쉬움을 간직한 채 애초에 목적했던 가을 산을 올라 남은사로 향했다. 산에 오르며 '글쓴바위'에 대해서는 학생들로부터 전해오는 얘기를 들었다. 보길도의 동쪽 끝에 있는 '글쓴바위'는 우암 송시열 선생이 제주도 귀양길에 고산 윤선도를 만나려다 뜻을 이루지 못하고 배에서 화살로 석벽에 쓴 글이란다. 지난날의 당쟁 문제를 귀양길에서만은 인간 본연의 처지에서 해결하려 함이었을까.

당쟁과 귀양, 은둔과 노경(老境)에 대하여 생각에 잠겨 있을 때 하늘이 심상치 않더니 비가 내릴 기세였다. 산은 높지 않으므로 강행군을 하기로 하였다. 다행히 가랑비였으나 얼마 후 어깨 부분에서부터 찬 기운을 느꼈다. 오르던 중턱쯤에 토담집 한 채가 비에 젖고 있었다. 방 하나에 부엌 한 칸인 움막이다.

"아주머니! 저어, 비가 와서 좀 쉬어가겠습니다."

"예, 그러시죠."

부인의 짤막한 대답은 다감하게 느껴졌다. 남새밭에서 오는 비를 그대로 적시며 젊은 부부는 밭을 일구고 있을 뿐 우리의 거동에는 개의치 않았다.

어부사시사의 추사(秋詞)에 "솔 사이 내 집 가서 새벽달을 보자 하니."라고 읊은 대목은 토담집과 이 젊은 부부의 생활상을 삼백여 년 전에 예감하였음일까. 초탈(超脫)의 심경을 자아내는 것은 부부의 모습만이 아니었다. 방에는 어린애가 웃옷을 벗은 채 눈을 깜박거리며 앉아 있고, 고양이가 옆에서 잠을 깨어 두 발로 세수를 하고 있다. 윗목에는 밭에서 거둔 오곡의 식량 자루가 잘 정돈되어 차곡차곡 쌓여 있고, 늙은 호박들은 열을 지었다. 한쪽 구석의 앉은뱅이책상 위에는 부피 큰 책들이 쌓였는데 톨스토이 인생론도 눈에 띄었다. 주경야독, 부부는 번다한 생각을 다 떨쳐 버리고 낮에는 밭 일구고 밤에는 책 읽으며 난초처럼 우로(雨露) 받아 사는 생활인 것 같다.

밖에는 닭들이 날갯죽지에 비를 맞아 키가 커져 의짓간으로 찾아 들고 염소란 놈은 방정맞게 알량한 수염을 흔들어 대며 입놀림만 바쁘다. 모두 어울려 동양화의 한 폭 그대로다. 비 내리는 기세가 줄적해지자 토담집을 우르르 나섰다.

"잘 쉬었다 갑니다."

간다는 인사말에 일손을 멈추고 다소곳이 서 있더니 가만히 말문을 연다.

"비가 오셔서 미안합니다."

더 긴 말이 없었으나 비 때문에 자기 집에 머문 손에게 편히 쉬게 할 수 없었던 일이 마음에 괴었던 모양이다.

산길을 오르는 동안 시나브로 날씨는 들어 비는 뿌리지

않았다. 산길은 어디서나 대할 수 있는 야산의 오솔길이었으나 절 가까이에는 밤나무 숲으로 밤송이가 입을 쩍 벌리고 어서 오라 반긴다. 학생들이 알밤을 줍겠다는 수런거리는 인기척에 스님은 합장으로 일행을 맞아 준다.

불당 옆 마루에 앉은 우리는 어느새 스님으로부터 절의 내력을 듣고 있었다. 오래 전, 이곳 정자리에 사는 갑부의 처가 소생이 없자 이 절을 짓고 치성을 드리며 여생을 보냈다. 처음 이름은 북암사라 했었는데 뒤에 남은사로 고쳤단다. 북암사, 그 이름은 절의 동쪽에 북[鼓] 모양의 큰 바위에서 유래했다. 그런데, 그 북바위가 울리면 바다 건너 맞바래기 섬에서 상피(相避)가 났었다. 수치스럽게 생각한 그곳 주민들이 밤에 몰래 배를 저어와 북바위의 제일 윗돌을 굴려 버렸다. 그 뒤로는 북바위가 울리지도 않고 그런 일이 나지도 않았단다. 북암사의 전설은 아이러니컬한 데가 있다. 소생이 없어 절을 짓고 공양을 드린 여인과 북바위가 울리면 사련(邪戀)에 빠진 일을 생각하면 말이다. 어떻든 북암사라 부르는 것보다는 남은사 쪽이 고산의 은둔 생활과도 연관 지어 볼 때 나은 것 같다. 전설의 바위는 보고 가야 하지 않겠는가. 우리는 북바위를 찾아 발길을 옮겼다.

굴려버린 바위는 알아 볼 길이 없었지만 청태낀 큰 바위들이 버티고 있었다. 주위를 한 바퀴 돌며 말없는 바위에 손을 얹어 본다. 벼랑에 둥지를 틀고 세월을 지켜 온 산비둘기가 전설을 들려 줄 것인가.

이야기도 할 겸 낮고 평평한 바위에 앉으니 눈앞의 푸른 바다에 섬들이 떠 있다. 바다는 푸르며 영원하고, 고인(古人)의 물외(物外)의 세계는 우리의 정신을 살찌울 것이다.

그런데, 웬일로 아까 비를 그으며 토담집에 머무는 동안 대했던 젊은 부부의 상(像)만이 자꾸자꾸 떠오르고 있을까. 반갑게 맞아 주는 언사도 없고 그저 담담하던 태도에서 말할 수 없는 인간미를 느꼈던 것일까. 젊은 부부의 모습은 오래오래 감동을 줄 것이다.

극락강역에서

학교 앞 극락강역을 바라보고 있으면 마음이 마냥 기쁘다. 일손을 멈추고 여유를 가져보는 시간이면 역의 배경이 되는 도시 속의 들과 멀리 에운 산들이 남녘에 그림처럼 펼쳐 있는 것을 함께 보게 된다. 이때 덜거덩 덜거덩 레일을 간질이며 기차가 지나면, 나는 알 수 없는 기대감에 싸이고 만다.

오늘도 퇴근길에 역을 찾아 빈 대합실의 손님이 되었다. 입구에서부터 한가하고, 역사(驛舍)도 현대와는 거리가 먼 건물이다.

"어느 역에서나 승차할 수 있는 승차권을 우리 역에서도 발매해 드립니다."

승차권 발매도 할 수 없는 역으로 생각할까봐서 써 붙인 이 표어가 현재의 상황을 대변하고 있는 듯하다. 대합실이라야 방 한 칸 정도의 크기다. 긴 나무의자 하나가 승객을 위한 배려로 마련되어 있지만 앉아있는 손님을 대한 적이 아직 없다. 그러나 주위는 정갈하고 놓일 것이 제자리에 다 놓여 있다. 꼭 지난 세월의 풍상을 그대로 지니고 곱게 늙어 가는 고모님 같은 역이다.

기차를 무척 타고 싶었던 어린 시절이 있었다. 고향집에서 듣던 기적 소리는 용진산을 넘어 아스라이 들려왔었다. 그럴 때마다 나는 기적 소리가 내 마음을 데리고 산모롱이를 돌아 먼 데로 사라져 가는 것을 느꼈다. 기차는 저쪽 희망의 세계로 가는 것쯤으로 여겨졌던 것이다. 길게 메아리를 남기며 멀리 사라지는 기적 소리는 '가자, 저쪽으로…' 하는 것이었을까. 더 높은 곳, 더 밝은 곳, 더 값있고 보람된 곳으로 인도하는 것이었다. 기적 소리는 희망이요, 그리움이요, 무언가 있을 것 같은 설렘이었다.

나는 정말 기차를 타고 새로운 세계를 찾아가게 되었다. 교육대학을 졸업하던 해 봄, 교사 발령을 받고 경전선 열차를 타고 학교를 찾아갔다. 운동장 끝자락에 바닷물이 닿는 해변의 학교였다. 학교에는 해송이 울창했고 돌로 지은 단층 건물이었다. 학년마다 남녀 각 한 반씩이었는데 나는 5학년 여학생 반을 맡았다. 가끔 학교가 파한 뒤에도 남아서 바닷가 저녁 무렵 정서에 젖어보았다. 갯마을 보리밭에 안개가 자욱이 싸이면 들길을 따라 걷기도 했다. 모개가 탐스럽게 잘 자란 보리밭 가운데 서 있으면 마음이 넉넉해졌다. 누릇누릇 익으면 보릿고개를 넘길 수 있으려니 생각했는데, 그 보리가 익기 전에 그곳을 떠나고 말았다. 이미 입대 영장을 손에 쥐고 있었기 때문이다.

신병(新兵) 교육을 후방에서 마치고 경춘선 열차의 군용

칸에 앉아 보충대를 향하고 있었다. 그곳에서 며칠을 지내고 군용 트럭으로 비포장도로를 달렸다. 뿌연 먼지가 눈썹에 퇴적처럼 앉아 있는 얼굴을 보며 서로 웃었다. 기적 소리도 들리지 않는 깊은 산 속 부대의 생활이 시작되었다. 그러나 내 마음의 기적 소리는 힘겨운 현실을 헤쳐 가는 원동력이 되어주었다. 페치카, 피엑스, 사역병, 관물조사, 유격훈련, PT체조 같은 말에 익숙해지면서 제대를 했다.

복직을 하자 전공 교과만 가르치는 중등학교가 부럽게 느껴졌던 때가 생각났다. 마침 중등 교사 자격 고시검정이 있던 때여서 국어과 교사 자격증을 얻고, 순위고사를 통과하여 여자고등학교에서 작문을 맡게 되었다. 교과서에는 많은 문학 단원들이 있었다. 문학에 별다른 특기가 없던 나는 어떻게 가르칠 것인가, 걱정이었다. 잘 가르쳐서 교과지도를 통해 어떤 존경의 대상이 될 수는 없을까? 그런데 작문 시간에 잘 가르치기는커녕 그냥 무난한 수업을 하기에도 등줄기에서 땀이 흘렀다. 이것저것 따질 겨를도 없이 실체도 없는 '문학'을 손에 쥐고 삼다(三多)의 원리만 믿으며 읽고, 쓰고, 생각하는 고독한 나날을 보냈었다. 문학이란 무엇인가, 글을 쓴다는 것은 무엇인가, 이런 물음을 수없이 던졌다.

그때가 70년대 초이니 관동출판사에서 월간지 『수필문학』이 창간되던 무렵이었다. '수필문학'과 만나면서 수필과 친해지기 시작했다. 삶을 바탕으로 진실의 세계를 그리는 수필은 진솔한 감동을 안겨주는 문학이구나 생각했다. 생활에서 부딪치는 크고 작은 일들이 매일매일 새싹처럼 새롭고, 어느 순간 감동으로 다가오기도 했다. 생활 자체가 글의 내용을 이루고, 문장은 문체가 되어 내용과 문체가 하나 되기를 바랐다. 쓴다는 것은 형식이 무엇이든 그것은 모두 자기 자신의 기록이요, 자기표현 아닌 것이 없다는 것을 깨닫게 되었다.

그러면서 읽으면 명상하게 하고, 느끼게 하며, 마음을 흔들고 끝 간 데 없이 퍼지는 아련한 향수를 자아내는 그런 수필을 쓰고 싶어졌다. 그러니까 마음을 잡아 흔들며 '가자, 저쪽으로' 하고 꼬드기던 기적 소리 같은 수필을 쓰고 싶은 것이었다.

나는 대합실에서 선로가 깔린 바깥쪽으로 나갔다. 그러자 내 마음속의 기차역에서는 이고 지고 흰옷 입고 허리 굽은 우리네 부모들이 수없이 타고 내리시는 것이었다. 두루마기 입은 할아버지의 옷깃에는 근엄함과 당당함이 배어 있었다. 모자를 눌러 쓰고 책가방을 무겁게 든 통학생이 있는가 하면 자취하는 학생들은 쌀자루, 김치 단지를 무겁게 들고 기차에 오르고 있었다. 완행열차 '푸78 증기기관차'는 까맣고 긴 몸뚱이를 반쯤 숨기고 산모롱이를 돌아 사라지는 것이었다. 그때 나는 장성 갈재[蘆嶺]를 넘는 기차처럼 힘겨운 생활이었다. 그러나 용케도 뭔가 길이 있겠지…, 하며 좌절하지 않았던 것은 그 기적 소리 덕이었던 것 같다.

생각해 보면 기적 소리는 한 줄기 빛이었던 셈이다. 나에게 있어서 문학은 생활 속에서 찾는 내 마음의 기적 소리 같은 것이 아니었을까. 이런 생각을 하며 침목(枕木)에 눈을 주자 까맣게 그을린 그곳에 노란 민들레꽃이 환하게 피어 있었다. 내 마음의 기적 소리를 들으려는 듯….

바보 되는 것도 운명인갑다

쥔장은 아리스토텔레스를 만나자 넙죽 절을 한다. 여기까지 어쩐 일이여! 2401살 「아리스토텔레스」 어르신께서 수염을 쓰다듬으며 먼저 입을 떼신다. 저는 하계(下界)에서 창작에세이를 공부하는 사람입니다. 쥔장의 말이다. 그래, 창작에세이라…. 그러면 자네하고는 『시학』 얘기부터 해야 쓰것네, 그려. 시학(詩學)이면 시에 관한 학문인가요? 아니야, 포에트(poet)는 희랍어로 무엇을 만드는 — 창조하는 — 사람의 뜻이야. 창조하는 사람이란 말이야. 그래요…? 허허, 자네 문학이론 공부 좀 해사 쓰것네 그려.

쥔장은 머리를 긁적거리다가 겨우 입을 연다. 수필에도 무슨 이론 공부가 필요한가요. 하계의 우리는 쭉쭉 어깨너머 짐작으로 다 알았는데요. 서구의 문예사조가 들어온 뒤에도 그러려니 생각했는데요. 어디 그게 말이나 되는가, 이 사람아! 문학이론은 문학의 문법이야. 아까 말한 『시학』만 해도 그렇지. 일본에서 잘못 번역한 걸 아무런 생각 없이, 자네 말마따나 그러려니 하고, 그대로 가져다 쓴 걸세. 자네 선배들의 말이네. 책의 내용을 잘 살펴서 번역했다면 『

창작론』이나 『창작학』쯤 되었을 걸세. 보소, '수필시학(隨筆詩學)'이란 말도 지금은 쓰고 있지 않는가. 거기엔 수필도 창작문학이란 뜻이 숨어 있는 걸세. 소설처럼 창작수필도 본질에 있어서는 시란 말이지. 자네도 잘 아는 창작에세이를 가지고 설명해 볼까? 창작 개념인 〈시적 발상의 산문적 형상화〉에서 '시적 발상'이란 시 창작 영감을 의미하는 것이네.

창작에세이에 대한 얘기가 나오자, 쥔장은 「아리스토텔레스」어르신 옆으로 바짝 달라붙어 묻고 또 묻는다. 그럼, 『시학』의 중심 내용은 무엇인가요? 그야 '플롯(Plot)'이지. 그래요. 어떤 분은 "수필은 플롯이나 클라이맥스를 필요로 하지 않는다."고 했는데요. 그게 아니야. 플롯이 없는 글은 문학이기를 스스로 포기한 것일 뿐이야. 특히 수필은 '있었던 사실의 소재'를 제재로 삼는 문학이 아닌가. 생각해 보게 이 사람아. 사실의 소재들을 창조적으로 얽어 짜야 문학이 될 수 있지 않겠는가, 안. 다시 말하면 소재에 나타난 '자연시간'을 깨고 '플롯시간'을 만드는 작업이 구성인 것이네. 구성이 되어야 창작문학이지. 플롯이란 요컨대 허구의 세계를 지배하는 법칙이지. 그러니 결국 문학은 플롯과의 싸움이야. 그래서 나는 플롯을 문학의 영혼이라 한 바 있다네. 후배 — 2,263살이나 후배 — E.M. 포스터도 나와 같은 말을 했더군.

플롯론을 듣고 있던 쥔장의 눈빛이 갑자기 반짝이기 시

작한다. 보리수나무 밑의 석가모니가 저랬을까. 입을 꼭 다물고 주먹을 꽉 쥐는 것이다. 나와 눈이 마주치자, 어서 하계(下界)로 내려가자는 눈짓을 보내고는 지그시 눈을 감는다. 무엇인가 중대 결심을 하는 듯 속말로 혼자 뭐라 한다.

세상의 바둑계를 평정한 이세돌 — 알파고와 대국에서 한 판이라도 이겨 본 지구상의 유일한 사람 이세돌 —은 외동딸을 끔찍이 사랑하여 모두들 '딸바보'라 불렀다지. 그래 바보가 되는 거다. 무슨 바보? 그야 말할 것도 없이 '창작에 세이바보'가 되는 거지. 하루는 8만6천4백 초. 1초라도 아껴가며 바보 되는 공부 열심히 해야지…. 꿈속 같은 여행이나 하면서 바보 되는 공부는 언제 하겠어. 날은 저무는데….

퀸장 하라는 대로 하던 나 — 실은 퀸장어르신 나들이에 항상 모시던 승용차인 나—는 퀸장을 모시고 하늘나라 꿈속 여행을 온 것이다. 목숨을 건 체험은 누구나 할 수 있는 체험 — 아무리 체험이 상상의 어머니라고 해도 일부러 할 수 있는 체험 —은 아니다. 꽈당탕! 소리에 순간 주인장과 내가 같은 영(靈)이 될 뻔한 체험이 아니던가. 나를 폐차장에 버리고 이별을 고한 퀸장이지만 오랫동안 모신 이승의 정 때문에 폐차되어 영이 되어서도 잠깐 모신 것이다. 이제 퀸장은 깨어났느니, 폐차 된 나하고는 영원한 이별이 되겠다.

'꽈당! 탕! 탕!'

소리를 듣는 찰나에 쥔장은 나비라도 되었단 말인가. 순간 변신한 그레고어 잠자라도 만났단 말인가. 안전띠를 꼭 매고 운전석에 앉아 몰던 승용차는 전신주를 들이받고 배아지를 하늘로 쳐들었고, 쥔장은 뒷좌석에 꼬꾸라져 있었으니…. 쥔장께서 '깜빡' 졸았나 보다. 정신 들어 생각하니, 빛의 속도로 저승을 다녀온 듯도 하다고 말하고…. 생각사록 모를 일이다.

에이! 창작에세이 바보 되는 것도 운명인갑다.

오덕렬 年譜

1943년 12월 22일(음력, 호적에는 1945년으로 되어 있음) 광주광역시 광산구 덕림동 362-1번지(광주광역시로 편입 전: 광산군 본량면 덕림리 복만동)에서 아버지 오남근(吳南根), 어머니 정재님(鄭在任)의 2남 3녀 중 둘째 아들로 태어남. 정년 후 고향에서 여생을 보내려 하였으나 도 · 농산단(都 · 農産團)인 '빛그린 산업단지'가 들어서는 바람에 본의 아니게 실향민이 되었으나, 고향 마을 동쪽 천술메에 자리 잡은 선산은 그대로 남아있어, 그나마 다행으로 생각하며 시심이 마를 때면 선산에 가곤 함.

1950년 봄, 인접 삼도면의 삼도초등학교에 입학하였으나 6·25전쟁 발발로 다니지 못하고, 2년 후 본량서초등학교에 다시 입학하여 졸업(1958.3.31.)하고, 광주로 유학하여 조선대학교부속중학교 졸업(1961), 광주고등학교 졸업(1964), 광주교육대학 졸업(1966), 중등학교 준교사 국어과 고시검정 합격(1971), 한국방송통신대학교 행정학과 졸업(1985), 한국교원대학교 대학원을 마침(교육행정 전공, 1997).

1966년 3월 1일 자, 전남 고흥군 포두동초등학교에 첫 발령을 받아 근무하다가, 그해 5월 16일에 입대하여 만3년을 복무함. 당시 28개월쯤이면 전역이었는데 제대를 눈앞에 두고 김신조 일당의 공비사건으로 만 3년을 채우며 소위 말하는 군대 말년에 병장 봉급(600원)을 반년이 넘게 더 받았음. 제대하여 고흥군 동강중앙초등학교에 복직(1969.5.15.)한 후, 국어과 고시검정에 합격하여, 2차 면접시험을 치를 때(1971), 서울대학교 사범대학 국어교육과에 재직하시던 이응백 교수님 앞에 섰음. '석보상절 원문 한 구절을 읽고, 해석하라.'는 문제에 쩔쩔매고 땀을 뺐으나 합격시켜주셨음. 그 후 한 세대도 더 지난 뒤에 '수필문우회원'으로 만나 뵙게 되었고, 내 작품 〈모자도〉로 합평회가 있는데, 그때 허리 굽으신 교수님께서 마무리로 한 말씀해 주셨음. "참가자가 적으나 '나 하나가 백이다.' 그늘을 치고 있었다는 독특한 표현이다. 곱삶이, 서나서나도 변해명 선생 말씀대로 인상 깊은 수필 표현이다. 독특한 표현, 애를 썼다."고 평해주셨음. 나는 오늘 많은 공부를 했으니 학채를 바치겠습니다. 말씀드리고 참석 회원들께 저녁식사를 대접했음(2008). 이듬해 여수여고로 발령 후, 노화중, 강진도암중, 영산포여고, 도초고, 전남고, 전남

대사대부설고, 하남중(1995)까지 초·중등학교 교사로 근무하고, 교감으로 승진(1995.3.1.)하여 광주기계공업고등학교에서 3년 근무하는 동안 대학원 졸업 논문 〈공업 고등학교 교육의 재구조화에 관한 연구〉로 석사학위를 받았음. 광주광역시 중등교육과 장학사로 전직하여 중등 교직과에서 봉직(1998~2000)하다가, 인사 담당 장학사로서 새학기 인사가 안 풀리자 전남고등학교 교감과 맞바꾸며 인사 물꼬를 트고, 전남고등학교 교감으로 부임한 후, 교장으로 승진(2001.3.1.)하여 운남중학교(3년 6개월), 모교인 광주고등학교(3년 6개월)에서 근무하다가 정년퇴직(2008.2.29.)함.

1973년 1월 26일에 김덕례(金德禮, 金奉碩의 3녀)와 결혼하여, 장남 헌(憲, 1973) 출생, 차남 무경(武暻 1976), 3남 지성(志聖 1978)을 두었음.

1982년 전남수필문학회(광주수필문학회 전신)에 입회하여 총무 일을 10년간 보다가 부회장 일을 맡았으며, 광주광역시 문인협회 입회 이후(1989), 제5대 수필분과 위원장 역임(1996), 이사(1999), 제7대·제8대 부회장 역임, 제9대 회장에 취임하여 열악한 재정관계로 무보수 봉사활동(2008.~2010.)하였음. 한국수필가협회 입회(1987) 이후, 한국수필작가회 입회(1997), 수필문우회에 입회—그 전신인 수필문학진흥회의 회원으로 주식도 1구좌 갖고 있었던 터였으나, 2018. 겨울호 ≪계간수필≫에 실을 작품을 두고 '문학의 진화와 에세이의 형식 등을 두고, 의견이 충돌하여, 수필이론의 문이 열릴 때가 있으리라 믿고, 그 문이 열리면 다시 참여하는 조건으로 자진 탈회서 제출하고 탈회함.(2019.1.30.) 국제펜클럽한국본부(2001), 한국문인협회(2002)에 입회하여 회원으로 활동중임.

1983년 제7회 방송문학상에 수필 〈어항 앞에서〉가 김우종(金宇鍾, 문학평론가, 덕성여대) 교수의 선(選)으로 당선 됨. "문장은 모두 기본적 수준 이상 수필문학의 높은 격조를 보"였다고 전제하며, "예선을 거쳐서 본선에 올라온 수필은 매우 높은 수준이었다.…그 중에서 오덕렬의 〈어항 앞에서〉는 구체적인 사물과 실생활의 체험을 통해서 자연에 대한 애정도 아주 설득력 있게 잘 표현했고, 수필문학으로서의 높은 격조를 보여주었다. 이 분은 〈못 없이 지은 집〉도 있었지만 전자를 당선작으로 뽑았다." 그 후, 서정범 교수로부터 『한국수필』에서 〈까배미〉로 초회추천(1989), 〈사랑방〉으로 2회 완료추천(1990년)으로 문단 데뷔함. 2년여 경희대학교 정문 앞 서정범 교수님 댁 서재에서 한 달에 한 번정도 작품 지도를 받았으나, 교수님께서 좋아하시던 보신탕 한 그릇

대접한 게 물질적인 것의 모두였다. 청렴하신 교수님으로부터 추천 받은 것을 지금껏 큰 자랑으로 여기고 있음. 데뷔 이후 지금의 ≪산문의 詩≫에서 〈산문의 시 발견자〉 · 이론 창안자, 이관희 평론가로부터 ≪창작에세이≫ 평론 당선(2014) · ≪창작에세이≫ 신인상 당선(2015)한 후, 에세이의 진화 과정을 보이는 몽테뉴의 에세이(비창작 일반산문)와 찰스 램의 창작 · 창작적 에세이를 두루 쓰고, 수필평론도 발표하고 있음.

1988년 11월 30일 7인—정규호 · 조효현 · 임정순 · 문정자 · 심상옥 · 최은정 · 오덕렬—수필집 ≪우리 한마음으로≫(한누리) 출간 이후, 수필집 ≪복만동 이야기≫(1992. 예원), ≪고향의 오월≫(2001. 문예운동), ≪귀향≫(2008. 선우미디어), ≪항꾸네 갑시다≫(2013. 선우미디어)—아르코문학창작기금 선정작가 작품집—를 냈으며, 창작에세이 평론집 ≪수필의 현대문학 이론화≫ 출간(2016, 월간문학출판부)으로 현대문학 이론을 수필 창작에 적용하는 수필의 현대문학 이론화 운동에 횃불을 밝혀들었음. 수필선집으로는 ≪무등산 복수초≫(현대수필가 100인선Ⅱ. 2019. 수필과 비평사 · 좋은수필사) 출간함.

2001년 광주광역시중등교장협의회 부회장, 동 국·공립중등교장협의회 회장(2003), 동 중등교육협의회(국·

공·사립교장) 회장(2006), 한국중등교육협의회 부회장(2006), 광주광역시 국·공립일반계고등학교장 협의회 회장(2007) 역임 후, 조선대학교 입학사정관(2008), 호남지역 대학입학사정관협의회 회장(2009~2013) 역임함.

2001년 광주문학상, 제22회 예총예술문화상(2008), 제9회 박용철문학상(2010), 제12회 새한국문학상 본상(2010) 수상, 정년퇴직할 때 교직계의 최고 훈장인 황조근정훈장(제13859호) 받음.

2007년 5월 30일, 『光高문학관』 개관함. 전국 유일의 학교문학관으로 교장으로 재직 중 2년여의 준비 끝에 개관하였으며, 2019년 현재 은사님 문인 16분과 동문문인 100분 등 총 116분의 작가가 등재되어 있음. 매년 동문 중에 새로운 등단자가 탄생하여 '살아 있는 문학관'이라 칭함. 문학관 개관 기념 제1회 光高문학상백일장 대회를 개최(참가대상: 광주·전남 중·고생)한 후, 2019년 현재 제13회째 성료함(2019. 5.24.). 그간 참여인원 총수는 7,955명이고, 입상 총 인원은 1,335명임. 정년 후에도 光高문학관운영위원장 및 백일장 운영위원장을 맡아 봉사하고 있음. 백일장에서는 〈노벨문학상에 도전한다〉는 캐치프레이즈를 내걸고 노벨상의 씨를 뿌리고 있음.

2013년 생오지문예창작대학 수필반 교수, '아시아문화중심

도시 조성실시계획 심의위원회' 위원(2007~2009), 창작에세이작가회 회장(2014~2018), 한국창작에세이문인협회 부이사장(2016~현), 한국창작에세이 문학회 2기 대표지도자(2016~현), 한국산문의 詩 문인협회 회장(2018~현)으로 활동 중임.

2019년 '한국 산문의 詩 문인협회' 호남지회장 및 〈광주교실〉 지도 교사로서 광주 시립 무등도서관에서 수필의 현대문학 이론화를 강의 중임(2017~현).